中国古典名著精华

陶渊明诗集

〔晋〕陶渊明 著

刘枫 主编

黄河出版传媒集团
阳光出版社

图书在版编目（CIP）数据

陶渊明诗集 / 刘枫主编 .-- 银川：阳光出版社，2016.8（2022.05重印）
（中国古典名著精华）
ISBN 978-7-5525-2897-8

Ⅰ.①陶… Ⅱ.①刘… Ⅲ.①古典诗歌－诗集－中国－东晋时代 Ⅳ.①I222.737.2

中国版本图书馆 CIP 数据核字 (2016) 第 210351 号

中国古典名著精华　陶渊明诗集　〔晋〕陶渊明 著 刘枫 主编

责任编辑　金小燕
封面设计　瑞知堂文化
责任印制　岳建宁

黄河出版传媒集团 阳光出版社 出版发行

地　　址　宁夏银川市北京东路139号出版大厦（750001）
网　　址　http：//www.ygchbs.com
网上书店　http：//shop129132959.taobao.com
电子信箱　yangguangchubanshe@163.com
邮购电话　0951-5047283
经　　销　全国新华书店
印刷装订　天津兴湘印务有限公司
印刷委托书号　（宁）0020213

开　　本　710 mm × 1000 mm　1/16
印　　张　16.5
字　　数　198千字
版　　次　2016年11月第1版
印　　次　2022年5月第2次印刷
书　　号　ISBN 978-7-5525-2897-8
定　　价　38.80元

目　录

停　云 …… 1
时　运 …… 4
荣　木 …… 7
赠长沙公并序 …… 11
酬丁柴桑 …… 15
答庞参军并序 …… 17
劝　农 …… 22
命　子 …… 27
归　鸟 …… 35
形赠影 …… 38
影答形 …… 40
神　释 …… 42
九日闲居并序 …… 45
归园田居五首其一 …… 48
归园田居五首其二 …… 50
归园田居五首其三 …… 52
归园田居五首其四 …… 53
归园田居五首其五 …… 55
游斜川并序 …… 56
示周续之祖企谢景夷三郎 …… 60
乞　食 …… 62
诸人共游周家墓柏下 …… 64
怨诗楚调示庞主簿邓治中 …… 65

答庞参军并序 …… 68
五月旦作和戴主簿 …… 71
连雨独饮 …… 73
移居二首其一 …… 75
移居二首其二 …… 77
和刘柴桑 …… 79
酬刘柴桑 …… 81
和郭主簿二首其一 …… 82
和郭主簿二首其二 …… 84
于王抚军座送客 …… 86
与殷晋安别并序 …… 88
赠羊长史并序 …… 91
岁暮和张常侍 …… 94
和胡西曹示顾贼曹 …… 96
悲从弟仲德 …… 98
始作镇军参军经曲阿作 …… 101
庚子岁五月中从都还阻风于规林二首其一 …… 104
庚子岁五月中从都还阻风于规林二首其二 …… 106
辛丑岁七月赴假还江陵夜行涂口 …… 108
癸卯岁始春怀古田舍二首其一 …… 111
癸卯岁始春怀古田舍二首其二 …… 113
癸卯岁十二月中作与从弟敬远 …… 115
乙巳岁三月为建威参军使都经钱溪 …… 117
还旧居 …… 119
戊申岁六月中遇火 …… 121
己酉岁九月九日 …… 124
庚戌岁九月中于西田获早稻 …… 126
丙辰岁八月中于下潠田舍获 …… 128
饮酒二十首并序 …… 130

止　酒 …… 156
述　酒 …… 158
责　子 …… 163
有会而作并序 …… 165
蜡　日 …… 168
拟古九首其一 …… 169
拟古九首其二 …… 171
拟古九首其三 …… 173
拟古九首其四 …… 175
拟古九首其五 …… 177
拟古九首其六 …… 179
拟古九首其七 …… 181
拟古九首其八 …… 182
拟古九首其九 …… 184
杂诗十二首其一 …… 186
杂诗十二首其二 …… 188
杂诗十二首其三 …… 190
杂诗十二首其四 …… 191
杂诗十二首其五 …… 193
杂诗十二首其六 …… 195
杂诗十二首其七 …… 197
杂诗十二首其八 …… 199
杂诗十二首其九 …… 201
杂诗十二首其十 …… 203
杂诗十二首其十一 …… 205
杂诗十二首其十二 …… 206
咏贫士七首其一 …… 207
咏贫士七首其二 …… 209
咏贫士七首其三 …… 211

咏贫士七首其四 …… 213
咏贫士七首其五 …… 215
咏贫士七首其六 …… 217
咏贫士七首其七 …… 219
咏二疏 …… 221
咏三良 …… 224
咏荆轲 …… 226
读《山海经》十三首其一 …… 229
读《山海经》十三首其二 …… 231
读《山海经》十三首其三 …… 232
读《山海经》十三首其四 …… 234
读《山海经》十三首其五 …… 236
读《山海经》十三首其六 …… 237
读《山海经》十三首其七 …… 239
读《山海经》十三首其八 …… 240
读《山海经》十三首其九 …… 241
读《山海经》十三首其十 …… 243
读《山海经》十三首其十一 …… 245
读《山海经》十三首其十二 …… 247
读《山海经》十三首其十三 …… 249
挽歌诗三首其一 …… 251
挽歌诗三首其二 …… 253
挽歌诗三首其三 …… 255
联　句 …… 257

停　云

鐏湛新醪，园列初荣①。
愿言不从，叹息弥襟②。
霭霭停云，濛濛时雨③。
八表同昏，平路伊阻④。
静寄东轩，春醪独抚⑤。
良朋悠邈，搔首延伫⑥。
停云霭霭，时雨濛濛。
八表同昏，平陆⑦成江。
有酒有酒，闲饮东窗。
愿言怀人，舟车靡⑧从。
东园之树，枝条载荣⑨。
竞用新好，以抬余情⑩。
人亦有言：日月于征⑪。
安得促席，说彼平生⑫。
翩翩飞鸟，息我庭柯⑬。
敛翮闲止，好声相和⑭。
岂无他人，念子⑮实多。
愿言不获，抱恨如何⑯！

【注释】

①鐏：同“樽”，酒杯。湛：沉，澄清。醪：汁滓混合的酒，即浊酒，今称甜酒或酒糟。列：排列。初荣：新开的花。

②愿：思念。言：语助词，无意义。从：顺。不从：不顺心，不如愿。弥：满。襟：指胸怀。

③霭霭：云密集貌。濛濛：微雨绵绵的样子。时雨：季节雨。这里指春雨。

④八表:八方以外极远的地方。泛指天地之间。伊:语助词。阻:阻塞不通。

⑤寄:居处,托身。轩:有窗槛的长廊或小室。抚:持。

⑥悠邈:遥远。搔首:用手搔头,形容等待良朋的焦急情状。延伫:长时间地站立等待。

⑦平陆:平地。

⑧靡:无,不能。

⑨载:始。荣:茂盛。

⑩新好:新的美好景色,指春树。这两句说,东园的春树竞相以新的美好景色,来招引我的爱怜之情。

⑪于:语助词。征:行,这里指时光流逝。

⑫促席:彼此坐得很近。促:迫近。席:坐席。平生:平时,这里指平生的志趣、素志。

⑬翩翩:形容飞鸟轻快飞舞的样子。柯:树枝。

⑭敛翮:收敛翅膀。止:停留。相和:互相唱和。

⑮子:您,古代男子的尊称,这里指朋友。

⑯如何:意为无可奈何。

【译文】

阴云密密布空中,
春雨绵绵意迷濛。
举目四顾昏沉色,
路途阻断水纵横。
东轩寂寞独自坐,
春酒一杯还自奉。
良朋好友在远方,
翘首久候心落空。
空中阴云聚不散,
春雨迷濛似云烟。
举目四顾昏沉色,

水阻途断客不前。
幸赖家中有新酒,
自饮东窗聊慰闲。
思念好友在远方,
舟车不通难相见。
东园之内树成行,
枝繁叶茂花纷芳。
春树春花展新姿,
使我神情顿清朗。
平时常听人们言,
日月如梭走时光。
安得好友促膝谈,
共诉平生情意长。
鸟儿轻轻展翅飞,
落我庭前树梢头。
收敛翅膀悠闲态,
鸣声婉转相唱酬。
世上岂无他人伴,
与君情意实难丢。
思念良朋不得见,
无可奈何恨悠悠。

时　运

春服既成，景物斯和[①]。
偶影[②]独游，欣慨交心。
迈迈时运，穆穆良朝[③]。
袭我春服，薄言东郊[④]。
山涤余霭，宇暖微霄[⑤]。
有风自南，翼彼新苗[⑥]。
洋洋平泽，乃漱乃濯[⑦]。
邈邈遐景，载欣载瞩[⑧]。
人亦有言，称心易足[⑨]。
挥兹一觞，陶然自乐[⑩]。
延目中流，悠想清沂[⑪]。
童冠齐业[⑫]，闲咏以归。
我爱其静，寤寐交挥[⑬]。
但恨殊世[⑭]，逸不可追。
斯晨斯夕，言息其庐[⑮]。
花药分列，林竹翳如[⑯]。
清琴横床，浊酒半壶。
黄唐莫逮[⑰]，慨独在余。

【注释】

①春服既成：语出《论语·先进》，意思是说，春天的服装已经穿得住了。斯：则，就。和：温和，和暖，指春天的气息。

②偶影：与自己的身影为伴，形容孤独。

③迈迈：行进貌。时运：四时运转。穆穆：淳和美好貌。朝：早晨。

④袭：衣上加衣，这里是“穿”的意思。薄：迫近，此处意为到……去。言：语助词。

⑤涤:洗。霭:云气。余霭:残余的云气。宇:四方上下,这里指天空。暧:昏暗不明的样子。霄:云气。一说雨后的虹。

⑥翼:鸟翅,这里作动词,有吹拂、扇动的意思,形容新苗在南风的吹拂下像羽翼似的微微摆动。新苗:新长的嫩苗。

⑦洋洋:形容水的浩瀚、盛大。泽:湖。漱:含水洗口。濯:洗。

⑧邈邈:远貌。遐:远。载:语助词,这里有"乃"的意思。瞩:注视。

⑨称心:符合心愿。易足:容易满足。

⑩挥:倾杯而饮的动作。觞:古代饮酒器,犹今之酒杯。陶然:快乐的样子。

⑪延目:放眼,向远处看去。悠想:遥想。沂:水名,流经山东曲阜南。

⑫童:儿童。冠:指成年人。古代男子二十岁举行加冠礼,表示成年。齐业:都已习完功课。

⑬静:指曾点的清静闲雅之风。寤:睡醒。寐:睡眠。寤寐:犹言日夜。交挥:交互奋发,是说时刻向往。

⑭殊世:异代。

⑮斯、言:皆语助词。息其庐:在家中休息。

⑯分列:指分排栽种。翳如:茂密的样子。

⑰黄唐:黄帝、唐尧,指上古和平的时代。逮:及、赶上。

【译文】

四时运转不停,
春日晨光融融。
穿上我的春服,
前往东郊踏青。
山间云气已尽,
天宇横跨彩虹。
南风习习吹来,
嫩苗展翅欣迎。
平湖涨满春水,
漱洗神情顿清。

眺望远处风景，
赏心悦目驰情。
此景此情相惬，
我心欢畅无穷。
举杯一饮而尽，
自得其乐融融。
放眼湖中清流，
遥想曾点沂游。
课罢携友远足，
归来放开歌喉。
我心爱其闲静，
日思夜想同游。
只恨今昔异代，
遥遥隔世难求。
平居朝朝暮暮，
静守家园之中。
花卉草药分行，
树木竹林葱葱。
素琴横卧床上，
半壶浊酒尚浓。
黄唐盛世难追，
我独慨叹无穷。

荣　木

日月推迁，已复九夏①。
总角闻道，白首无成②。
采采荣木，结根于兹③。
晨耀其华，夕已丧之④。
人生若寄，憔悴有时⑤。
静言孔念，中心怅而⑥。
采采荣木，于兹托根。
繁华朝起，慨暮不存。
贞脆由人，祸福无门⑦。
匪道易依，匪善奚敦⑧？
嗟予小子，禀兹固陋⑨。
徂年既流，业不增旧⑩。
志彼不舍，安此日富⑪。
我之怀矣，怛焉内疚⑫。
先师遗训，余岂之坠⑬。
四十无闻，斯不足畏⑭。
脂我名车，策我名骥⑮。
千里虽遥，孰敢不至⑯。

【注释】

①推迁：推移，迁延，即运行之意。九夏：即夏季。夏季三个月，共九十天，故称“九夏”。

②总角：古代未成年男女的发式，因将头发结成两个髻角，故称；这里代指童年。道：指圣贤之道和做人的道理。白首：指老年，老人头发变白。无成：无所成就。

③采采：繁盛的样子。荣木：即木槿，属木本植物，夏天开淡紫色花，其

花朝开暮落。兹:此,这里。

④耀:形容木槿花开时的艳丽,光彩夺目。华:同“花”。丧之:指木惶花枯萎凋零。

⑤人生若寄:人生在世,好像旅客寄宿一样。这是比喻人生的短暂。《古诗十九首》:“人生天地间,忽如远行客。”“人生寄一世,奄忽若飙至。”憔悴:枯槁黄瘦的样子。

⑥静言:静静地。言:语助词。孔:甚,很。念:思念。中心:内心。怅而:即怅然。而:语尾助词。

⑦贞脆:坚贞和脆弱,指人的不同禀性。祸福无门:语出《左传·襄公二十三年》:“祸福无门,唯人所召。”意思是说,祸与福的降临,并不是有什么特殊的门径,而是人们行为的好坏所招致的必然结果。

⑧匪:同“非”。易:同“何”。依:遵循。奚:何。敦:敦促,勤勉。这两句的意思是说,不遵循正道还遵循什么?不勤勉为善还勤勉做什么?

⑨嗟:叹词。予:我。小子:作者自指。原意指地位低下、无德无能之人,这里是自谦之辞。禀:禀性,天性。固陋:固执鄙陋。

⑩徂年:过去的岁月。徂:往,逝。流:流逝。业不增旧:是说学业比过去没有增加。

⑪彼:指上章所说“道”与“善”。不舍:孜孜不倦,奋斗不息。《荀子·劝学》:“骐骥一跃,不能十步;驽马十驾,功在不舍。锲而舍之,朽木不折;锲而不舍,金石可镂。”安:习惯于。日富:指醉酒。这两句的意思是说,我本来的志向是孜孜不倦地依道、敦善,可我现在却安于酣饮的生活。

⑫怀:心怀,思量。怛:痛苦,悲伤。内疚:内心感觉惭愧不安。

⑬先师:指孔子。遗训:留下的教导。之坠:动兵倒装,即“坠之”。坠:跌落,即抛弃。

⑭此二句语出《论语·子罕》:“四十五十而无闻焉,斯亦不足畏也已。”闻:闻达,有所成就而名声在外。斯:这。畏:害怕,恐惧。

⑮脂:油,这里用作动词,以油脂润滑车轴。策:鞭,这里用作动词,以鞭赶马。骥:千里马。名车、名骥:以车、马比喻功名,是说准备驾驭车马去建立功名。

⑯孰:谁。按:晋元兴三年二月,刘裕起兵勤王,打败桓玄。陶渊明于本年夏季出任刘裕镇军军府参军。这一首诗就表现了诗人出任镇军参军前的思想动力和决心。

【译文】

明更替,时光流逝,又到了木槿花盛开的夏季。我从童年就开始聆听圣贤之道,可如今白发已生,衰老将至,却一事无成。

当夏盛开木槿花,
泥土地里把根扎。
清晨绽开艳丽色,
日暮凋零委泥沙。
人生一世如过客,
终将枯槁黄泉下。
静思默念人生路,
我心惆怅悲年华。
当夏木槿花开盛,
于此扎根长又深。
清晨繁花初怒放,
可怜日暮竟无存。
坚贞脆弱皆由己,
祸福哪得怨别人。
圣贤之道当遵循,
勤勉为善是本心。
叹我无德又无能,
固执鄙陋天生成。
匆匆岁月已流逝,
碌碌学业竟无增。
我本立志勤求索,
谁料沉溺酣饮中。
每念及此心伤痛,

惭愧年华付东风。
先师孔子留遗训，
铭刻在心未抛弃。
我今四十无功名，
振作精神不足惧。
名车名骥皆已备，
扬鞭策马疾驰去。
千里路途虽遥远，
怎敢畏难而不至！

赠长沙公并序

余于长沙公为族[1],祖同出大司马[2]。昭穆既远[3],以为路人[4]。经过浔阳[5],临别赠此。

同源分流,人易世疏[6]。
慨然寤叹,念兹厥初[7]。
礼服遂悠,岁月眇徂[8]。
感彼行路,眷然踌躇[9]。
於穆令族,允构斯堂[10]。
谐气冬暄,映怀圭璋[11]。
爰采春华,载警秋霜[12]。
我曰钦哉,实宗之光[13]。
伊余云遘,在长忘同[14]。
笑言未久,逝[15]焉西东。
遥遥三湘[16],滔滔九江。
山川阻远,行李时通[17]。
何以写心,贻此话言[18]。
进篑虽微,终焉为山[19]。
敬哉离人,临路凄然[20]。
款襟或辽,音问其先[21]。

【注释】

①于:犹“与”。族:宗族,家族。

②祖:陶延寿是陶侃的玄孙,陶渊明是陶侃的曾孙,这里的“祖”兼指对方的曾祖父辈与自己的祖父辈。大司马:东晋名臣陶侃,曾任太尉,封长沙郡公,后拜大将军。死后追赠大司马。

③昭穆:指同宗世系。古代贵族宗庙制度,二世、四世、六世居于左,叫

作昭;三世、五世、七世居于右,叫作穆。既远:指世次相隔已远。

④路人:过路之人。指关系疏远,彼此陌生。

⑤浔阳:地名,在今江西九江市。这里是陶渊明的家乡。

⑥同源分流:同一水源分出的支流,比喻同一宗族的不同后代。人易:人事变更。世疏:世系疏远。

⑦寤:通“悟”,觉悟,醒悟。厥:其。厥初:当初的始祖。

⑧礼服:服丧的礼服,这里指宗族关系。古人因血缘亲疏关系不同,丧礼之服也有别,有斩衰、齐衰、大功、小功、缌麻五种。悠:远,指关系的疏远。眇:同“渺”。眇徂:指年代久远。

⑨行路:行路之人。眷然:恋慕的样子。踌躇:犹豫不决,徘徊不前。

⑩於穆:赞叹之辞。《诗·周颂·清庙》:“于穆清庙。”毛传:“於,叹辞也;穆,美。”令:美,善。允构斯堂:指儿子能够继承父业。允:诚信,确能。堂:正室,喻父业。《尚书·大诰》:“若考作室,既底法,厥子乃弗肯堂,矧肯构?”意思是说,父亲已经奠定建房的规模,他的儿子不肯为堂基,又怎肯继续建造房屋?这里是反用其意。

⑪谐气:和谐的气度。冬暄:像冬天的阳光般和暖。暄:暖和。映:辉映。怀:胸怀。圭璋:宝贵的玉器。这句是说长沙公的胸怀与可与美玉相映生辉。这两句赞美长沙公气度温和,品德高尚。

⑫爰:语助词。采:光彩。华:同“花”。爰采春华:光彩如同春花。这里是形容长沙公风华正茂,功绩卓著。

⑬钦:敬。实宗之光:实在是宗族的荣光。

⑭伊、云:语助词。遘:遇。长:长辈,指作者为长沙公的长辈。同:指同宗。

⑮逝:往,去。这里指分别。

⑯三湘:泛指湖南,这里指长沙公将返封地长沙。

⑰行李:使者。行李时通:经常互通音讯。

⑱写:抒发,倾泻。贻:赠送。

⑲篑:盛土的竹器。为山:指建立功业。这两句的意思是说,加一筐土虽然很少,但积少成多,最终亦能成山。这里是勉励长沙公不断进德修业,

最终可以建成伟大的功业。

⑳敬：有“慎”的意思。离人：离别之人，指长沙公。临路：上路，登程。

㉑款：诚，恳切。款襟：畅叙胸怀。辽：远。音问其先：是说可以常通音讯。

【译文】

我与长沙公是同一宗族，祖先都是大司马陶侃的后裔。由于世次相隔已远，彼此也互不相识。他这次路过浔阳而得相会，临别之际，以此诗相赠。

同一源头分支流，
世系渐远人相疏。
感悟此理深慨叹，
因念彼此同初祖。
血缘宗亲渐疏远，
岁月悠悠不停留。
感叹族亲成陌路，
犹豫徘徊心恋慕。
君为同族美名扬，
弘扬父志功辉煌。
温文尔雅谦和态，
美德生辉映圭璋。
风华正茂光灿灿，
立身谨慎防秋霜。
可钦可佩令我赞，
君为我族增荣光。
彼此偶然一相逢，
我愧辈长忘同宗。
笑语欢言尚未久，
君将离去各西东。
三湘遥遥君归处，
九江滔滔我意浓。

远隔山川路途阻，
频将音讯互为通。
如何表达我心意，
且送几句肺腑言。
积土可以成高山，
进德修业是圣贤。
愿君此去多保重，
相送登程意凄然。
路途遥远难再晤，
愿得音讯早早传。

酬[1] 丁柴桑

有客有客，爱来宦止[2]。
秉直司聪，惠于百里[3]。
飡胜如归，聆善若始[4]。
匪惟谐也，屡有良游[5]。
载言载眺，以写我忧[6]。
放欢[7]一遇，既醉还休。
实欣心期[8]，方从我游。

【注释】

①酬：以诗文相赠答。如唱酬，酬对。

②爱：乃，是。宦：做官。止：语助词。

③秉直：秉公持正。秉：持。直：正直。司聪：为朝廷听察民情。司：掌管。聪：听闻。惠：恩惠，好处。百里：指一县所管辖的区域。

④飡：同“餐”，吃。胜：胜理，至言，指正确的道理、中肯的言论。飡胜如归：意思是采纳正确的意见就像回家一样喜悦。聆：听。始：开始，这里有“新鲜”的意思，表示认真的态度。

⑤匪：同“非”。匪惟：不只是，不仅仅。谐：和谐，融洽。良游：指愉快地游赏。

⑥载：且，又。写：宣泄，抒发。

⑦放欢：放开欢畅的胸怀。

⑧心期：两心契合，知心。

【译文】

有客来自他乡，
来到此地做官。
秉公正，察民情，
恩惠遍及乡县。

欣然采纳至理，
虚心听取善言。
彼此岂只投缘，
常常携手畅游。
且欢言，且眺望，
消除内心烦忧。
放开欢畅胸怀，
不醉怎能罢休？
知音令我欣慰，
愿得与我共游。

答庞参军并序

庞为卫军参军[1]，从江陵使上都[2]，过浔阳见赠[3]。

衡门之下[4]，有琴有书。
载弹载咏，爰得我娱[5]。
岂无他好，乐是幽居[6]。
朝为灌园，夕偃蓬庐[7]。
人之所宝，尚或未珍[8]。
不有同好，云胡以亲[9]？
我求良友，实觏怀人[10]。
欢心孔洽，栋宇惟邻[11]。
伊余怀人，欣德孜孜[12]。
我有旨酒[13]，与汝乐之。
乃陈[14]好言，乃著新诗。
一日不见，如何不思[15]。
嘉游未斁，誓将离分[16]。
送尔于路，衔觞无欣[17]。
依依旧楚，邈邈西云[18]。
之子之远，良话曷闻[19]。
昔我云别，仓庚载鸣[20]。
今也遇之，霰[21]雪飘零。
大藩有命，作使上京[22]。
岂忘宴安，王事靡宁[23]。
惨惨寒日，肃肃其风[24]。
翩彼方舟，容裔江中[25]。
勖哉征人[26]，在始思终。
敬兹良辰，以保尔躬[27]。

【注释】

①参军:古代官职名,是王、相或将军的军事幕僚。

②江陵:地名,在今湖北江陵县。使:奉命出行。上都:京都,中央政权所在地,当时在建康。

③见赠:有诗赠给我。

④衡门:横木为门,代指简陋的房屋。衡:同“横”。衡门之下:语出《诗经·陈风·衡门》:“衡门之下,可以栖迟。”

⑤载:且,于是。爰:乃。

⑥好:爱好,喜尚。幽居:幽静的居处,指隐居。

⑦灌园:在园中浇水种菜。《高士传)记楚王遣使聘陈仲子为相,仲子逃去,为人灌园。这里特指隐居的生活。偃:仰卧,指休息。蓬庐:茅舍,简陋的房屋。

⑧《礼记·儒行》说:“儒有不宝金玉而忠信以为宝。”诗中二句即指此;是说别人以为宝贝的,我却看得很轻,不以为珍贵。

⑨同好:共同的爱好,这里指志同道合。意本《礼记·儒行》:“儒有合志同方,营道同术,并立则乐,相下不厌。”云胡:如何。

⑩觏:遇见。怀人:所思念的人,指庞参军。

⑪孔:甚,很。洽:和谐。栋宇:房屋。惟:语助词。此二句有双关意:一是庞参军曾与诗人为邻居。陶渊明五言诗《答庞参军》诗序中有“自尔邻曲,冬春再交”语可证。二是以德为邻,即“不有同好,云胡以亲”之意。

⑫伊:语助词。欣德:喜悦于德操。孜孜:努力不怠。

⑬旨酒:美酒。

⑭陈:陈述,指交谈。

⑮此二句本《诗经·王风·采葛》:“一日不见,如三秋兮。”三秋:三年。如三秋,如同隔了三年那样长。陶诗此二句中间省略,意思是:一日不见,尚如三秋,何况我们这么久没见了,怎能让我不思念呢?

⑯嘉游:美好的、令人愉快的游赏。斁:满足,厌烦。誓:同“逝”,发语词。

⑰尔:你。衔:含。衔觞:指饮酒。

⑱依依:依恋的样子。旧楚:指江陵。江陵是古代楚国的国都,所以称江陵为“旧楚”。邈邈:遥远的样子。西云:西去的云。

⑲之子:此人,指庞参军。之远:走向远方。曷:同“何”,怎么。

⑳云:语助词。仓庚:黄莺。载:始。黄莺始鸣在春天,此处点明上次分别的季节。

㉑霰:小雪珠。以上四句仿《诗经·小雅·采薇》:“昔我往矣,杨柳依依。今我来思,雨雪霏霏。”以渲染离情别绪。

㉒大藩:藩王,指谢晦。时谢晦封建平郡王。谢晦有檄京邑书云:“虽以不武,忝荷蕃任。”上京:同“上都”,京都。

㉓宴安:逸乐。王事:指国家的事情。靡宁:没有停息。这两句的意思是说,难道谁还会忘记安逸享乐的生活,只是国家的事情无休无止,使你不得安宁。

㉔惨惨:暗淡无光的样子。肃肃:疾速的样子。

㉕翩:轻快前进的样子。方舟:两船相并。容裔:犹容与,形容船行舒闲的样子。

㉖勖:勉励。征人:远行之人,指庞参军。

㉗敬:戒慎。躬:身体。

【译文】

庞君担任卫军将军的参军,从江陵奉命去京都,途经浔阳,赠我以诗。

房屋虽简陋,
有琴也有书。
边弹琴边咏唱,
我心乃得欢娱。
岂无其他爱好,
最是乐此幽居。
日出浇水园中,
日入仰卧茅庐。
世俗金玉以为宝,
我意鄙之不足珍。

若非志同道合者，
如何相近得相亲？
我待寻觅知心友，
恰遇意中所念人。
两相欢心甚融洽，
屋宇相接为近邻。
君为我所思念者，
乐修德操勤不止。
我今有美酒，
与君同乐之。
知心话语互倾诉，
言志抒情谱新诗。
一日不见如三秋，
如何教我无忧思！
同游甚乐未尽兴，
君行匆匆又离去。
送你来到大路上，
举杯欲饮无欢意。
江陵故地心依恋，
遥望西云深情寄。
斯人离我去远方，
知心话语难再叙。
昔日你我相离别，
当春黄莺始啼鸣。
今日你我喜相遇，
雪珠雪花正飘零。
王公大人既有命，
遣君出使赴上京。
谁人不想获安逸，

王事繁多无安宁。
寒日惨淡暗无光，
寒风肃肃刺骨凉。
君乘方舟伏轻波，
驶向江中态安详。
远行之人当自勉，
最终归处先思量。
值此良辰多谨慎，
保重身体得安康。

劝 农

悠悠上古，厥初生民[①]。
傲然自足，抱朴含真[②]。
智巧既萌，资待靡因[③]。
谁其赡之？实赖哲人[④]。
哲人伊何？时惟后稷[⑤]。
赡之伊何？实曰播植[⑥]。
舜既躬耕，禹亦稼穑[⑦]。
远若周典，八政始食[⑧]。
熙熙令德，猗猗原陆[⑨]。
卉木繁荣，和风清穆[⑩]。
纷纷士女，趋时竞逐[⑪]。
桑妇宵兴，农夫野宿[⑫]。
气节易过，和泽难久[⑬]。
冀缺携俪，沮溺结耦[⑭]。
相彼贤达，犹勤垄亩[⑮]。
蚓兹众庶，曳裾拱手[⑯]！
民生在勤，勤则不匮[⑰]。
宴安自逸，岁暮奚冀[⑱]？
担石[⑲]不储，饥寒交至。
顾尔恃列[⑳]，能不怀愧？
孔耽道德，樊须是鄙[㉑]。
董乐琴书，田园不履[㉒]。
若能超然，投迹高轨[㉓]。
敢不敛衽[㉔]，敬赞德美。

【注释】

①悠悠:遥远。厥初生民:当初的人民。厥:其。生民:人民。

②傲然:逍遥自在的样子。傲:同"敖",游戏,闲游。自足:指衣食自给,犹言丰衣足食。抱朴:本于《老子》:"见素抱朴。"襟怀质朴、朴素。含真:秉性自然、不虚伪。

③智巧:与上文"朴""真"相对而言,指狡诈与奸巧。资待:赖以为生的生活资料。资:资给,给济。待:需求。靡因:无来由,即没有来源,没有依靠。

④其:语助词。赡:供给,供养,使充裕。哲人:旧时称才能见识超越寻常的人,即贤智之人。

⑤伊何:是谁?伊:语助词。时惟:是惟,即是为。后稷:相传为虞舜时的农官,始教民耕种。

⑥赡之伊何:如何使民富足呢?植:种植。

⑦舜、禹:远古时的君主。躬耕:亲自耕种。稼:播种五谷。穑:收获谷物。稼穑:播种和收获,泛指农业劳动。《论语·宪问》:"禹稷躬稼,而有天下。"

⑧周典:指《尚书》中的《周书》。八政始食:《周书·洪范》:"八政:一曰食,二曰货,三曰祀,四曰司空,五曰司徒,六曰司寇,七曰宾,八曰师。"食列第一,故曰"始食"。

⑨熙熙:和乐的样子。《老子》:"众人熙熙,如享太牢,如登春台。"令德:美德。猗猗:美盛的样子。《诗经·卫风·淇奥》:"绿竹猗猗。"这里指茂盛的禾苗。原陆:指田地,田野。

⑩卉:草的总称。穆:淳和,温和。《诗经·大雅·蒸民》:"吉甫作颂,穆如清风。"清穆:即"穆清",喻清平之时。

⑪纷纷士女:众多男女。趋时:指赶农时。竞逐:你追我赶。

⑫宵兴:指天未亮即起身操作。宵:夜。野宿:宿于田野。以上四句写农人紧张的劳动情景。

⑬和:和风。泽:雨水。这两句说,时令节气容易过去,和风细雨不会长久。意思是劝人抓紧农时。

⑭冀缺:春秋时晋国人。初,安贫躬耕,后为晋卿,理国政。携俪:是说冀缺在田里锄草,他的妻子给他送饭,夫妻相待如宾。俪:配偶。沮溺结耦:长沮、桀溺,代指春秋时的两位隐士,他们结伴并耕。

⑮相:视,观察。彼:他们,指冀缺、长沮、桀溺等人。贤达:旧指有才德、声望的人。勤:指勤于耕作。

⑯蚓:何况。兹:此,这些。众庶:一般百姓。曳裾拱手:犹言"袖手",把两手放进衣袖里,曳:拖,拉。据:衣袖。拱手:两手相合。这句形容人们懒惰、闲散的样子。

⑰此二句本《左传宣公十二年》:"民生在勤,勤则不匮。"民生:人生。匮:缺乏,不足。

⑱奚冀:何所希望,指望什么。

⑲担石:皆米谷的容量单位。

⑳侍列:同伴,指那些勤于耕作的人。

㉑孔:孔子。耽:沉溺,迷恋,喜好过度。樊须是鄙:即鄙视樊须。樊须,即樊迟,孔子的学生。《论语·子路》记载,有一次樊迟向孔子请教稼圃之事,待樊迟出,孔子便讥讽他:"小人哉,樊须也。"鄙视他胸无大志。

㉒董:董仲舒,汉代学者。田园不履:《汉书·董仲舒传》说他专心读书,"三年不窥园",有三年没到园中去。履:踩踏。

㉓超然:犹超脱,高超脱俗,超出于世事之外。高轨:崇高的道路,指行事与道德。

㉔敛衽:犹敛袂,整一整衣袖,表示恭敬。

【译文】

遥远上古时,
当初之先民。
逍遥自在衣食足,
襟怀朴素含性真。
狡诈奸巧一旦生,
衣食乏匮成艰辛。
谁能供给使充裕?

全靠贤达之哲人。
哲人知为谁？
其名曰后稷。
后稷何以使民富？
教民耕田种谷米。
舜帝亲自耕垄亩，
大禹亦曾事农艺。
周代典籍早记载，
八政排列食第一。
先民和乐美德崇，
田园禾稼郁葱葱。
花草树木皆茂盛，
于时清平送和风。
男男女女趁农时，
你追我赶忙不停。
养蚕农妇夜半起，
农夫耕作宿田中。
时令节气去匆匆，
和风泽雨难留停。
冀缺夫妇同劳作，
长沮桀溺结伴耕。
看看这些贤达者，
犹能辛勤在田垄。
何况我等平常辈，
焉能缩手入袖中。
人生在世须勤奋，
勤奋衣食不乏匮。
贪图享乐自安逸，
岁暮生计难维系。

家中若无储备粮，
饥饿寒冷交相至。
看看身边辛勤者，
内心怎能不羞愧！
孔丘沉溺在道德，
鄙视樊须问耕田。
董氏仲舒乐琴书，
三载不曾践田园。
若能超脱世俗外，
效法斯人崇高贤。
怎敢对之不恭敬，
当颂礼赞美德全。

命　子

悠悠我祖，爱自陶唐[1]。
邈焉虞宾，历世重光[2]。
御龙勤夏，豕韦翼商[3]。
穆穆司徒[4]，厥族以昌。
纷纷战国，漠漠衰周[5]。
凤隐于林，幽人[6]在丘。
逸虬绕云，奔鲸骇流[7]。
天集有汉，眷予愍侯[8]。
於赫愍侯，运当攀龙[9]。
抚剑夙迈，显兹武功[10]。
书誓山河，启土开封[11]。
亹亹丞相[12]，允迪前踪。
浑浑长源，蔚蔚洪柯[13]。
群川载导，众条载罗[14]。
时有语默，运因隆窊[15]。
在我中晋，业融长沙[16]。
桓桓长沙，伊勋伊德[17]。
天子畴我，专征南国[18]。
功遂辞归，临宠不忒[19]。
孰谓斯心，而近可得[20]？
肃矣我祖，慎终如始[21]。
直方二台，惠和千里[22]。
於皇仁考，淡焉虚止[23]。
寄迹风云，冥兹愠喜[24]。
嗟余寡陋，瞻望弗及[25]。

顾惭华鬓，负影只立[26]。
三千之罪，无后为急[27]。
我诚念哉，呱[28]闻尔泣。
卜云嘉日，占亦良时[29]。
名汝曰俨[30]，字汝求思。
温恭朝夕，念兹在兹[31]。
尚想孔伋，庶其企而[32]。
厉夜生子，遽而求火[33]。
凡百有心，奚特于我[34]。
既见其生，实欲其可[35]。
人亦有言，斯[36]情无假。
日居月诸，渐免于孩[37]。
福不虚至，祸亦易来[38]。
夙兴夜寐，愿尔斯才[39]。
尔之不才，亦已焉哉[40]。

【注释】

①爰：乃。陶唐：指帝尧。尧初居于陶丘（今山东定陶县），后迁居于唐（今河北唐县），因称陶唐氏。

②虞宾：指尧的后代。相传尧禅位给舜，尧的后代为宾于虞，因称虞宾。重光：谓家族的光荣相传不绝。

③传说陶唐氏的后代，在夏朝时为御龙氏，在商朝时为豕韦氏。勤：服务，效劳。翼：辅佐。

④穆穆：仪表美好，容止端庄恭敬。司徒：指周时陶叔。《左传·定公四年》记周灭商以后，周公把殷余民七族分给周武王的弟弟康叔，陶氏为七族之一，陶叔为司徒。以上是叙述唐尧、虞舜、夏、商、周时，陶氏的光荣历史。

⑤纷纷：骚乱的样子。漠漠：寂寞的样子。衰周：周朝的衰落时期，指东周末年。

⑥幽人：隐士。这两句是说，在战国和周朝末年，陶氏人才像凤凰隐蔽在山林一样，隐居山丘而不仕。

⑦逸虬绕云：奔腾的虬龙环绕着乌云。虬：传说中无角的龙。奔鲸骇流：惊奔的鲸鱼掀起巨浪激流。这两句形容战国末群雄战乱、狂暴纵横的乱世。

⑧天集：上天成全。有汉：即汉朝。有：名词词头。眷：顾念，关心。愍侯：汉高祖时右司马愍侯陶舍。

⑨放赫：赞叹词。运：时运。攀龙：指追随帝王建功立业。旧时以龙喻天子。

⑩抚剑：持剑。风迈：乘风迈进，形容英勇威武。显兹武功：显扬了如此的武功。陶舍曾追随汉高祖刘邦击燕代，建立了武功。

⑪书誓山河：指封爵盛典。《汉书》记汉高祖与功臣盟誓曰："使黄河如带，泰山如砺，国以永宁，爰及苗裔。"启土开封：陶舍封地在开封，称开封侯。启土：指分封土地。

⑫亹亹：勤勉不倦的样子。丞相：指陶舍之子陶青。

⑬浑浑：大水流动的样子。蔚蔚：草木茂盛的样子。洪柯：大树。这两句用滔滔的大河和茂盛的大树比喻陶氏祖先的兴盛。

⑭载：开始。罗：罗列，布列。这两句用群川始导于长源、众枝条皆布列于洪柯，比喻陶氏家族的后代虽枝派分散，但都来源于鼻祖。

⑮时：指时运。语默：代指出仕与隐逸。《周易·系辞》："君子之道，或出或处，或语或默。"语，显露；默，隐没。隆：高起、兴盛。窊：低洼。隆窊：谓地势隆起和洼下，引申为起伏、高下，或盛衰、兴替。

⑯中晋：晋世之中，指东晋。融：光明昭著。长沙：指陶渊明的曾祖父陶侃。陶侃在晋明帝时因功封长沙郡公。

⑰桓桓：威武的样子。伊：语助词。

⑱畴：使相等。《后汉书·祭遵传》："死则畴其爵邑，世无绝嗣。"李贤注："畴，等也；言功臣死后子孙袭封，世世与先人等。"专：主掌。南国：南方诸侯之国。陶侃曾镇武昌；都督荆、湘、江等州军事；平定湘州刺史杜弢、广州刺史王机、交州梁硕的叛乱，进号征南大将军、开府仪同三司。

⑲遂：成。辞归：《晋书》本传载，陶侃逝世的前一年，曾上表逊位。临宠不忒：在荣宠面前不迷惑。忒：差错。

⑳斯心:指“功遂辞归,临宠不忒”的思想境界。近:近世。这两句是说,像陶侃那样的思想境界,在近世是难以得到的。

㉑肃:庄重,严肃。慎终如始:谓谨慎从事,善始善终。

㉒直:正直。方:法则。二台:指内台外台。据《汉官仪》:御史台内掌兰台秘书,外督诸州刺史,故以御史台为内台,刺史治所为外台。千里:为郡守所管辖的区域。陶渊明的祖父陶茂,曾任武昌太守。这两句说,陶茂的正直严明是朝廷内外官员的楷模,他的恩惠使全郡百姓和悦。

㉓於皇:赞叹词。皇:美,正。仁考:仁慈的先父。考,是对已死的父亲的称谓。淡焉虚止:即恬淡无为的意思。焉、止,皆语助词。

㉔寄迹风云:暂时脱身于仕途。古人常把做官叫作风云际会。冥兹愠喜:没有欢喜和恼怒的界限。即得官没有欢喜之情,失官亦无恼怒之色。《论语·公冶长》:“令尹子文三仕为令尹,无喜色,三已之,无愠色。”这两句是诗人说自己的先父不以做官为意的态度。

㉕嗟:感叹。寡陋:见闻狭窄,学识浅薄。瞻望弗及:谓不如前辈。

㉖华鬓:花白的头发。负影只立:只身单影,孤独一人。

㉗三千之罪:《尚书》:“五刑之属三千。”意谓犯五刑罪的有三千种之多。无后为急:《孟子·离娄》:“孟子曰:‘不孝有三,无后为大。’”无后,即无子。急,指最重要的。

㉘呱:婴儿啼哭声。

㉙卜:占卜,古人用火的龟甲,视其裂纹作为吉凶的预兆。这两句是说,儿子的出生时日,为吉日良辰。

㉚俨:恭敬,庄重。古人的名与字多取相近的意义。陶渊明给长子起名与字取义于《礼记·曲礼》:“毋不敬,俨若思。”

㉛温恭:温和恭敬。念兹在兹:语出《左传·襄公二十一年》:“《夏书》曰:‘念兹在兹,释兹在兹。’”原指念念不忘于某一件事情,这里是诗人希望儿子要念念不忘自己名字的含义。

㉜孔伋:字子思,孔子之孙。相传孔伋忠实地继承了孔子的儒学思想。陶俨字求思,含有向孔伋学习的意思。庶:庶几,表示希望之词。企:企及,

赶上。而:语助词。

㉝厉:同“疠”,患癞病的人。遽:急,骤然。此二句本《庄子·天地篇》:“厉之人夜半生其子,遽取火而视之,汲汲然唯恐其似己也。”这两句的意思是作者唯恐儿子像自己一样寡陋。

㉞凡百:概括之辞。《诗经·小雅·雨无正》:“凡百君子,各敬尔身。”凡百是“凡百君子”的简称。心:指对儿子的希冀之心。奚:古疑问词,何。特:独。

㉟可:合宜,好。

㊱斯:此,这。

㊲日居月诸:语出《诗经·邶风·日月》:“日居月诸,照临下土。”意思是说时光一天天地过去。居、诸,皆语助词。孩:幼儿。

㊳这两句是诗人告诫儿子应小心谨慎地处世,懂得幸福不会凭空而来,灾祸却容易招来。

㊴夙兴夜寐:早起晚睡,形容勤奋不懈。愿尔斯才:希望你成才。

㊵亦已:也就罢了。焉哉:感叹词。

【译文】

我家祖先甚遥远,
帝尧之世称陶唐。
其后为臣宾于虞,
历世不绝显荣光。
御龙效力于夏世,
豕韦亦曾辅佐商。
周世陶叔甚端庄,
我祖由此得盛昌。
乱世纷纷属战国,
衰颓冷落彼东周。
凤凰隐没在林中,
隐士幽居在山丘。
虬龙奔腾绕乌云,

鲸鱼奔窜掀激流。
上天成全立汉代，
顾念我祖封愍侯。
赫赫愍侯声威扬，
命中注定辅帝王。
英勇威武仗剑行，
屡立战功在疆场。
汉帝盟誓泽子孙，
我祖受封甚荣光。
陶青勤勉任丞相，
先人功业得弘扬。
涛涛大河源头长，
茂盛大树干粗壮。
群川支流共来源，
众枝虽繁依树长。
时运有显有隐没，
起伏盛衰岂有常？
在我东晋鼎盛日，
长沙郡公业辉煌。
威武英姿长沙公，
功勋卓著道德崇。
天子赐爵永世袭，
分掌军权司南征。
功成不居愿辞归，
心明无须恃荣宠。
谁说如此高尚心，
近世能得再遭逢？
我祖严肃且稳重。
谨慎善始亦善终。

正直严明树楷模，
恩惠遍郡似春风。
可赞先父仁慈心，
恬淡无为不求名。
暂时托身于仕途，
不喜不怒得失同。
叹我寡闻学识浅，
仰望前辈难企及。
自顾华发心惭愧，
孤身一人负影立。
刑罚罪过有三千，
身后无儿数第一。
我心为此甚忧虑，
欣然听你叭叭啼。
我子降生我占卜，
皆曰吉日兼良时。
为你取名叫作俨，
为你取字叫求思。
温和恭敬朝夕处，
名字含义须牢记。
孔子贤孙名孔伋，
愿你效法能企及。
癞病患者夜生子，
急取灯火瞧仔细。
凡百君子皆有心，
并非唯独我自己。
既见我儿喜降生，
实愿将来有出息。
人们经常这样讲，

此情真诚无假意。
日月如梭去匆匆，
我儿渐渐会成长。
幸福不会凭空至，
灾祸容易身边降。
早起晚睡须勤奋，
愿你未来成栋梁。
如你竟然不成才，
休矣休矣我心枉。

归　鸟

翼翼[1]归鸟，晨去于林。
远之八表，近憩云岑[2]。
和风不洽，翻翮求心[3]。
顾俦相鸣，景庇清阴[4]。
翼翼归鸟，载翔载[5]飞。
虽不怀游，见林情依[6]。
遇云颉颃[7]，相鸣而归。
遐路诚悠，性爱无遗[8]。
翼翼归鸟，驯[9]林徘徊。
岂思天路，欣反旧栖[10]。
虽无昔侣[11]，众声每谐。
日夕气清，悠然[12]其怀。
翼翼归鸟，戢羽寒条[13]。
游不旷林，宿则森标[14]。
晨风清兴[15]，好音时交。
矰缴[16]奚施？已卷安劳！

【注释】

①翼翼：形容鸟飞翔的样子，具有一种闲适从容之态。去：离开。

②之：到，往。八表：八方以外极远的地方。泛指天地之间。憩：休息。云岑：高耸入云的山峰。

③洽：融合，这里是“顺”的意思。翻翮：掉转翅膀。求心：追求所向往的。

④俦：同伴。景：同“影”，身影，指归鸟。庇：隐藏。清阴：指清凉树阴。

⑤载：语助词。

⑥怀游：眷念于远游。依：依恋，留恋。

⑦颉颃：鸟上下翻飞的样子。

⑧遐路：远去的道路，指天空。悠：远。性爱无遗：天性喜爱而不愿舍弃（旧巢）。

⑨驯：渐进之意。《周易·坤》曰："履霜坚冰，阴始凝也；驯致其道，至坚冰也。"

⑩天路：暗喻通往腾达的仕途之路。旧栖：旧居，喻归隐之所。

⑪昔侣：旧伴。这两句是说，旧居虽然已无过去的伴侣，但众鸟在一起鸣叫着，声音仍很和谐。

⑫悠然：闲适的样子，指心情淡泊。

⑬戢羽：收敛翅膀。条：树枝。

⑭旷：空阔。森标：高枝。

⑮清兴：雅洁淡然的兴致。

⑯矰缴：猎取飞鸟的射具。矰，拴有丝绳的短箭。缴，系在箭上的丝绳。

【译文】

归鸟翩翩自在飞，
清晨离巢出树林。
天空辽阔任飞翔，
就近歇息在云岑。
和暖春风迎面吹，
掉转翅膀求遂心。
且看同伴相鸣叫，
身影藏在青树荫。
归鸟翩翩自在飞，
自由翱翔任飞飞。
如今已无远游志，
每见丛林情依依。
上下翻飞因云阻，
相呼相唤结伴归。
青云之路虽诱人，

天性恋巢难舍弃。
归鸟翩翩自在飞，
悠然林间任盘旋。
谁还寻思登天路，
返回旧林心喜欢。
昔日伴侣虽已去，
群鸟谐鸣欣欣然。
薄暮斜晖气清爽，
闲适惬意戏林间。
归鸟翩翩自在飞，
收敛双翅落寒条。
空阔林间尽游乐，
夜来止宿高树梢。
晨风吹拂添清兴，
众鸟谐鸣乐陶陶。
矰缴已无施用处。
射者藏之莫操劳！

形赠影

贵贱贤愚①,莫不营营以惜生②,斯甚惑焉③。故极陈④形影之苦,言神辨自然以释之⑤。好事君子⑥,共取其心⑦焉。形赠影⑧。

天地长不没,山川无改时⑨。
草木得常理,霜露荣悴之⑩。
谓人最灵智,独复不如兹⑪。
适见在世中,奄去靡归期⑫。
奚觉无一人,亲识岂相思⑬?
但余平生物,举目情凄而⑭。
我无腾化术,必尔不复疑⑮。
愿君取吾言,得酒莫苟⑯辞。

【注释】

①贵贱贤愚:泛指各种各样的人。

②营营:原是形容往来不绝,忙碌奔波的样子,这里指千方百计地谋求。惜生:爱惜自己的生命。

③斯:这,指代“营营以惜生”的人。惑:迷乱,这里作“糊涂”解。

④极陈:详尽地陈述。

⑤辨:辨析。自然:指自然之理。释:开释,排遣。

⑥好事君子:关心此事的人们。君子:对人的尊称。

⑦其心:指这组诗所阐明的道理。

⑧形赠影:这首诗写形对影的赠言。天地、山川之形可以永存,草木虽枯犹能再生,而只有人的形体必然要死亡消失,所以应当及时饮酒行乐。

⑨长不没:永远存在,不会消亡。无改时:永恒不变。

⑩常理:永久的规律。荣悴之:使它开花与衰落。之:指草木。这两句的意思是说,秋冬之季,寒霜使草木凋零枯萎;春夏之季,雨露又使它们重新繁茂。

⑪谓人最灵智：是说人在天地万物中最为尊贵、杰出。许慎《说文解字》："人，天地之性最贵者也。"《礼记·礼运篇》："人者，其天地之德，阴阳之交，鬼神之会，五行之秀气也。"又说："人者，天地之心也，五行之端也，食味别声被色而生者也。"不如兹：指不能像天地草木那样。

⑫适：刚才。奄去：忽然消失，指死亡。奄：忽然。靡：无，没有。

⑬奚觉：谁会感觉到。无一人：少了一人。岂：犹言"其""岂不"的意思。

⑭余：剩余，留存。平生物：指生前所用之物。而：流泪的样子。

⑮腾化术：修炼成仙的法术。尔：那样，指死去。

⑯苟：草率，随便。

【译文】

天地长久不会消亡，
山川永恒不变模样。
草木依顺自然规律，
秋冬凋零春夏再长。
虽说人是万灵之尊，
唯独不能长存世上。
刚才见他活在人间，
转眼逝去再见无望。
谁会感觉缺少一人？
亲友至交才会心伤。
只剩生前所用物件，
睹物心伤泪流成行。
你我既无升仙法术，
必将死灭莫再彷徨。
愿你听取我的忠言，
得酒便饮莫要辞让。

影答形[1]

存生不可言,卫生每苦拙[2]。
诚愿游昆华,邈然兹道绝[3]。
与子相遇来,未尝异悲悦[4]。
憩荫若暂乖,止日终不别[5]。
此同既难常,黯[6]尔俱时灭。
身没名亦尽,念之五情[7]热。
立善有遗爱,胡为不自竭[8]?
酒云能消忧,方此讵不劣[9]!

【注释】

①这首诗写影对形的回答:生命永存既不可能,神仙世界亦无路可通。既然如此,不如尽力立下善德,留给后人,这岂不比饮酒行乐要高尚得多。

②存生:使生命永存。《庄子·达生》:"世之人以为养形足以存生,而养形果不足以存生,则世奚足为哉!"卫生:保护身体,使人健康长寿。拙:愚笨,指无良策。

③昆华:昆仑山和华山,传说都是神仙居住的地方。邈然:渺茫。

④子:您,指形。未尝异悲悦:悲哀与喜悦从来没有相异过,即指形悲影也悲,形喜影也喜。

⑤憩荫:在阴影下休息。乖:分离。止日:在阳光下。

⑥黯尔:黯然,心神沮丧的样子。

⑦五情:《文选·曹植〈上责躬应诏诗表〉》:"形影相吊,五情愧赧。"刘良注:"五情,喜、怒、哀、乐、怨。"亦泛指人的情感。

⑧立善:古人把立德、立功、立言叫作三不朽,总称为立善。遗爱:留给后世的恩惠。胡为:为什么。竭:尽,谓尽力、努力。

⑨方:比较。讵:岂。

【译文】

长生不老本无指望，
养身延年苦无良策。
甚想访游神仙世界，
虚无飘渺道路断绝。
自从与你相遇以来，
彼此一致悲哀欢悦。
荫影之中暂时分离，
阳光之下再无分别。
形影不离既难长久，
黯然伤神同时毁灭。
身死之后名声亦尽，
每念及此激荡情怀。
立下善德留惠后世，
为何不能自勉尽力？
虽说饮酒能消忧愁，
与此相比岂不拙劣！

神　释[①]

大钧无私力，万理自森著[②]。
人为三才中，岂不以我故[③]！
与君[④]虽异物，生而相依附。
结托善恶同，安得不相语[⑤]！
三皇[⑥]大圣人，今复在何处？
彭祖爱永年，欲留不得住[⑦]。
老少同一死，贤愚无复数[⑧]。
日醉或能忘，将非促龄具[⑨]？
立善常所欣，谁当为汝誉[⑩]？
甚念伤吾生，正宜委运去[⑪]。
纵浪大化中[⑫]，不喜亦不惧。
应尽便须尽，无[⑬]复独多虑。

【注释】

①这首诗写神针对形、影的苦衷和不同观点进行排解。认为长生永存的幻想是靠不住的，人生终将一死；但饮酒使人短寿，立善也无人为之称誉，过分担忧生死之事反而会损伤自己的生命；因此莫如顺应自然，以达观的态度等闲视之，不必为之多虑。

②大钧：指运转不停的天地自然。钧本为造陶器所用的转轮，比喻造化。无私力：谓造化之力没有偏爱。万理：万事万物。森：繁盛。著：立。

③三才：指天、地、人。《周易·系辞下》："有天道焉，有人道焉，有地道焉，兼三材而两之。"以：因为。我：神自谓。故：缘故。

④君：你们，指形和影。

⑤结托：结交依托，谓相互依托，共同生存。安得：怎能。

⑥三皇：指古代传说中的三个帝王，说法不一，通常称伏羲、燧人、神农为三皇。

⑦彭祖:古代传说中的长寿者,生于夏代,经殷至周,活了八百岁。爱:当是“受”字之讹,谓彭祖享受了八百岁高龄。《楚辞·天问》:“受寿永多,夫何久长?”王逸注:“彭祖至八百岁,犹自悔不寿,恨枕高而眠远也。”永年:长寿。留:留在人间,不死。

⑧复:再。数:气数,即命运。这两句是说,寿长、寿短同是一死,贤人、愚人也并无两种定数。

⑨日:每天。忘:指忘记对死亡的担忧。将非:岂非。促龄:促使人寿短。具:器,指酒。

⑩当:会,该。为汝誉:称赞你。

⑪甚念:过多地考虑。委运:随顺自然。

⑫纵浪:放浪,即自由自在,无拘无束。大化:指自然的变化。

⑬无:同“毋”,不要。

【译文】

天地自然并无偏爱,
万物生存自有其处。
人与天地并称三才,
岂非因了我的缘故!
我与你们虽不相同,
有生以来相互依附。
交深情厚好恶一致,
怎能不将忠言倾诉!
古代三皇人称大圣,
时至今日皆在何处?
彭祖虽然享得高寿,
想要永存已成灰土。
长寿短命同样一死,
贤达愚昧亦无定数。
整天醉酒或可忘忧,
饮酒伤身使人短寿。

树立善德令人欣慰，
身死之后谁会赞誉？
过分担忧伤我生命，
莫如听凭命运摆布。
置身自然无拘无束，
既不欣喜亦不忧惧。
命有定数当尽便尽，
不必独自苦苦思虑。

九日闲居并序

余闲居,爱重九之名[①]。秋菊盈园。而持醪靡由[②],空服九华[③],寄怀于言。

世短意常多,斯人乐久生[④]。
日月依辰至,举俗爱其名[⑤]。
露凄暄风息,气澈天象明[⑥]。
往燕无遗影,来雁有余声[⑦]。
酒能祛百虑,菊解制颓龄[⑧]。
如何蓬庐士,空视时运倾[⑨]!
尘爵耻虚罍,寒华徒自荣[⑩]。
敛襟独闲谣,缅焉起深情[⑪]。
栖迟固多娱,淹留岂无成[⑫]?

【注释】

①爱重九之名:农历九月九日为重九;古人认为九属阳之数,故重九又称重阳。“九”和“久”谐音,有活得长久之意,所以说“爱重九之名”。

②醪:汁滓混合的酒,即浊酒,今称甜酒或酒糟。靡:无。靡由,即无来由,指无从饮酒。

③九华:重九之花,即菊花。华同“花”。

④世短意常多:人生短促,忧思往往很多。这句本《古诗十九首》其十五“生年不满百,常怀千岁忧”之意。斯人:指人人。乐久生:喜爱活得长久。

⑤依辰至:依照季节到来。辰:指日、月的交会点。《左传·昭公七年》:“日月之会是谓辰。”举俗爱其名:整个社会风俗都喜爱“重九”的名称。魏文帝曹丕《九日与钟繇书》说:“岁月往来,忽复九月九日。九为阳数,而日月并应,俗嘉其名,以为宜于长久,故以享宴高会。”

⑥露凄:秋霜凄凉。暄风:暖风,指夏季的风。气澈:空气清澈。天象明:天空明朗。

⑦这两句是说，南去的燕子已无踪影，从北方飞来的大雁鸣声不绝。以上四句写秋之佳景。

⑧祛：除去。制：止。颓龄：衰暮之年。

⑨蓬庐士：居住在茅草房子中的人，即贫士，作者自指。空视：意谓白白地看着。时运：时节，这里指重九节。倾：尽。

⑩尘爵耻虚罍：酒杯生灰尘是空酒壶的耻辱。爵：饮酒器，指酒杯。因无酒而生灰尘，故曰“尘爵”。罍：古代器名，用以盛酒或水，这里指大酒壶。此句意本《诗经·小雅·蓼莪》：“瓶之罄矣，惟罍之耻。”寒华：指秋菊。徒：徒然，白白地。荣：开花。

⑪敛襟：整一整衣襟，指正坐。谣：不用乐器伴奏的歌唱。《诗经·魏风·园有桃》：“我歌且谣。”毛传：“曲合乐曰歌，徒歌曰谣。”这里指作诗。缅：遥远的样子，形容后面的“深情”。

⑫栖迟：游息，指闲居。淹留：久留，指长期隐退。淹留岂无成：反用《楚辞·九辨》“蹇淹留而无成”，意谓长期隐退，难道就一事无成！

【译文】

我在家闲居，喜爱“重九”这个名称。秋菊满园，但无酒可饮，徒然地欣赏秋菊，写下此诗，寄托我的情怀。

短暂人生愁绪多，
世人无不好长生。
日月运转又重九，
举世人人爱其名。
夏去秋来霜露冷，
秋高气爽天空明。
南去燕子无踪影，
北来大雁阵阵鸣。
饮酒能消百般虑，
品菊可使年寿增。
悲哉茅屋清贫士，
空叹佳节去匆匆。

酒杯生尘酒壶空，
秋菊徒然自繁荣。
整襟独坐闲歌咏，
遐想顿时起深情。
隐居闲适多乐趣，
难道竟无一事成？

归园田居五首其一[1]

少无适俗韵,性本爱丘山[2]。
误落尘网中,一去三十年[3]。
羁鸟恋旧林,池鱼思故渊[4]。
开荒南野际,守拙[5]归园田。
方宅[6]十余亩,草屋八九间。
榆柳荫后檐,桃李罗[7]堂前。
暧暧远人村,依依墟里烟[8]。
狗吠深巷中,鸡鸣桑树巅[9]。
户庭无尘杂,虚室[10]有余闲。
久在樊笼[11]里,复得返自然。

【注释】

①这首诗写辞职归田的愉快心情和乡居的乐趣。诗中以极大的热情赞美了平和静穆的田园风光,表现了诗人对于官场的厌恶及其不与世俗同流合污的高洁情趣。

②适俗韵:适应世俗的气质、品性。性:禀性,本性。丘山:指大自然。

③尘网:世俗的罗网,比喻仕途、官场。三十年:疑当为“十三年”。陶渊明从二十九岁初仕江州祭酒,至辞彭泽令归田,前后恰好十三年。

④羁鸟:被束缚在笼中的鸟。池鱼:养在池塘中的鱼。这两句以羁鸟、池鱼比喻自己过去在仕途生活中的不自由,以旧林、故渊比喻田园。

⑤守拙:保持拙朴、愚直的本性。是说自己不肯投机逢迎,不善于做官。

⑥方宅:住宅方圆四周。

⑦罗:排列。

⑧暧暧:昏暗不明的样子。依依:轻柔的样子。墟里:村落。

⑨此二句化用汉乐府《鸡鸣行》“鸡鸣桑树颠,狗吠深宫中”而来。巅:顶端。

⑩虚室:虚空闲寂的居室。比喻心室纯净而无名利之念。语本《庄子·人间世》:"瞻彼阕者,虚室生白。"

⑪樊笼:关鸟兽的笼子。比喻不自由的境地。

【译文】

从小即无随俗气韵,
生性喜爱山川自然。
谁知落入仕途俗网,
一去便是一十三年。
笼中之鸟怀恋旧林,
池养之鱼思念故渊。
南郊野外开垦荒地,
恪守拙性归耕田园。
住宅方圆十余亩地,
简陋茅屋有八九间。
榆柳树阴遮蔽后檐,
桃树李树排列院前。
远处村落依稀可见,
飘荡升腾袅袅炊烟。
深巷传来犬吠之声,
雄鸡啼鸣桑树之巅。
户内庭院清洁幽雅,
心中纯净无比安闲。
久困笼中渴望自由,
我今又得返回自然。

归园田居五首其二[1]

野外罕人事,穷巷寡轮鞅[2]。
白日掩荆扉,虚室绝尘想[3]。
时复墟曲中,披草共来往[4]。
相见无杂言,但道桑麻长[5]。
桑麻日已长,我土日已广[6]。
常恐霜霰至,零落同草莽[7]。

【注释】

①这首诗写诗人归隐田园后的生活情趣。诗中表现出对纯朴的田园劳动生活的热爱,同时也反映出对世俗仕宦生活的鄙弃。

②野外:郊野,指乡居。罕:少。人事:指世俗交往。穷巷:僻巷。寡:少。轮鞅:代指车马。轮指车轮,鞅是套在马颈上的皮套子。这两句的意思是说,住在郊野,很少与世俗交游往来;偏僻的巷子里,很少有车马来往。

③掩:关闭。荆扉:柴门。绝尘想:断绝世俗的念头。

④时复:常常。墟曲:偏僻的村落。犹"墟里"。曲:隐僻的角落。披:拨开。共来往:指和村里人相互来往。

⑤杂言:世俗尘杂的言谈。但道:只说。

⑥日:一天天地。我土:指自己开垦的土地。

⑦霰:小雪珠。草莽:草丛。

【译文】

乡居少与世俗交游,
僻巷少有车马来往。
白天依旧柴门紧闭,
心地纯净断绝俗想。
经常涉足偏僻村落,
拨开草丛相互来往。

相见不谈世俗之事，
只说田园桑麻生长。
我田桑麻日渐长高，
我垦土地日渐增广。
经常担心霜雪突降，
庄稼凋零如同草莽。

归园田居五首其三①

种豆南山下,草盛豆苗稀②。
晨兴理荒秽,带月荷锄归③。
道狭草木长,夕露沾我衣④。
衣沾不足惜,但使愿无违⑤。

【注释】

①这首诗通过对躬耕田园的具体描写,表现对田园生活的热爱。

②南山:指庐山。稀:稀疏。形容长势不佳。

③晨兴:早起。理:管理,治理。秽:指田中的杂草。带月:在月光下。带同“戴”。荷:扛,肩负。

④狭:狭窄。草木长:草木丛生。夕露:即夜露。

⑤不足:不值得。愿:指隐居躬耕的愿望。违:违背。

【译文】

南山脚下把豆种,
杂草茂盛豆苗稀。
晨起下田锄杂草,
日暮月出扛锄归。
道路狭窄草茂密,
傍晚露水湿我衣。
我衣沾湿不足惜,
但愿不违我心意。

归园田居五首其四①

久去山泽游，浪莽林野娱②。
试携子侄辈，披榛步荒墟③。
徘徊丘陇间，依依昔人居④。
井灶有遗处，桑竹残朽株⑤。
借问采薪者："此人皆焉如⑥？"
薪者向我言："死殁⑦无复余。"
"一世异朝市"⑧，此语真不虚！
人生似幻化，终当归空无⑨。

【注释】

①这首诗通过描写游历废墟以及同采薪者之间的对答，表达了诗人不胜沧桑、人生无常的感慨。其中流露出的感伤情怀，虽不免消极悲观，但这正是诗人内心痛苦的反映。

②去：离开。山泽：山川湖泽。浪莽：放纵不拘之意。

③试：姑且。披：分开，拨开。榛：树丛。荒墟：荒废的村落。

④丘陇：这里指坟墓。依依：隐约可辨的样子。

⑤残朽株：指残存的枯木朽株。

⑥借问：请问。采薪者：砍柴的人。此人：这些人，指原来居住在这里的人。焉：何，哪里。如：往。

⑦殁：死。

⑧一世异朝市：意思是说，经过三十年的变迁，朝市已面目全非，变化很大。这是当时的一句成语。朝市：朝廷和集市，指公众聚集的地方。

⑨幻化：指人生变化无常。空无：灭绝。

【译文】

离别山川湖泽已久，
纵情山林荒野心舒。

姑且带着子侄晚辈，
拨开树丛漫步荒墟。
游荡徘徊坟墓之间，
依稀可辨前人旧居。
水井炉灶尚有遗迹，
桑竹残存枯于朽株。
上前打听砍柴之人：
“往日居民迁往何处？”
砍柴之人对我言道：
“皆已故去并无存余。”
“三十年朝市变面貌”，
此语当真一点不虚。
人生好似虚幻变化，
最终难免抿灭空无。

归园田居五首其五[①]

怅恨独策还,崎岖历榛曲[②]。
山涧清且浅,遇以濯[③]我足。
漉我新熟酒,只鸡招近局[④]。
日入室中暗,荆薪代明烛[⑤]。
欢来苦夕短,已复至天旭[⑥]。

【注释】

①从内容上看,此诗似与上一首相衔接。诗人怀着怅恨的心情游山归来之后,盛情款待村中近邻,欢饮达旦。诗中虽有及时行乐之意,但处处充满纯朴之情。

②怅恨:惆怅烦恼。策:策杖,拄杖,这里作动词用。崎岖:地面高低不平的样子。历:走过。榛曲:树木丛生的曲折小路。

③濯:洗。

④漉酒:用布过滤酒,滤掉酒糟。近局:近邻。

⑤日入:太阳落山。荆薪:烧火用的柴草。

⑥苦:恨,遗憾。天旭:天亮。

【译文】

独自怅然拄杖还家,
道路不平荆榛遍地。
山涧流水清澈见底,
途中歇息把足来洗。
滤好家中新酿美酒,
烹鸡一只款待邻里。
太阳落山室内昏暗,
点燃荆柴把烛代替。
兴致正高怨恨夜短,
东方渐白又露晨曦。

游斜川并序

辛丑正月五日①,天气澄和②,风物③闲美,与二三邻曲④,同游斜川⑤。临长流,望曾城⑥。鲂⑦鲤跃鳞于将夕,水鸥乘和⑧以翻飞。彼南阜⑨者,名实旧矣⑩,不复乃为嗟叹。若夫曾城,傍无依接⑪,独秀中皋⑫,遥想灵山⑬,有爱嘉名⑭。欣对不足⑮,率尔⑯赋诗。悲日月之遂往,悼吾年之不留。各疏年纪、乡里⑰,以记其时日。

开岁倏五日,吾生行归休⑱。
念之动中怀,及辰为兹游⑲。
气和天惟澄,班坐依远流⑳。
弱湍驰文鲂,闲谷矫鸣鸥㉑。
迥泽散游目,缅然睇曾丘㉒。
虽微九重秀,顾瞻无匹俦㉓。
提壶接宾侣,引满更献酬㉔。
未知从今去,当复如此不㉕?
中觞纵遥情,忘彼千载忧㉖。
且极㉗今朝乐,明日非所求。

【注释】

①辛丑:指宋武帝永初二年(421 年)。按录钦立本“丑”作“酉”。

②澄和:清朗和暖。

③风物:风光,景物。闲美:娴静优美。

④邻曲:邻居。

⑤斜川:地名。据骆庭芝《斜川辨》,斜川当在今江西都昌附近湖泊中。

⑥曾城:山名。曾:同“层”。一名江南岭,又名天子鄣,据说上有落星寺,在庐山北。

⑦鲂:鱼名。

⑧和:和风。

⑨南阜:南山,指庐山。

⑩名实旧矣:旧与新对应,有熟悉之意。这句意思是说,庐山的美名和美景,我久已熟悉了。

⑪傍无依接:形容曾城高耸独立,无所依傍。

⑫独秀中皋:秀丽挺拔地独立在泽中高地。皋:近水处的高地。晋代庐山诸道人《游石门诗序》说:鄣山"基连大岭,体绝众阜,此虽庐山之一隅,实斯地之奇观。"

⑬灵山:指昆仑山最高处的曾城,又叫层城。古代神话传说,昆仑山为西王母及诸神仙所居,故曰灵山。《水经注》载:"昆仑之山三级:下曰樊桐,一名板桐;二曰玄圃,一名阆风;上曰层城,一名天庭,是谓太帝之居。"所以,灵山又称层城九重。这是诗人游斜川时,由目前所见之曾城,而联想到神仙所居的昆仑曾城,故曰"遥想灵山"。

⑭嘉名:美名。眼前之曾城与神仙所居之曾城同名,因爱彼而及此,故曰"有爱嘉名"。

⑮欣对不足:意思是说,高兴地面对曾城山赏景,尚不足以尽兴。

⑯率尔:本是形容贸然、轻率的样子,这里作"即兴"解。

⑰疏:有条理地分别记载。乡里:指籍贯。

⑱开岁:一年开始,指元旦。倏:忽然,极快。行:即将,将要。休:生命休止,指死亡。

⑲动中怀:内心激荡不安。及辰:及时,趁着好日子。兹游:这次游赏,指斜川之游。

⑳气和:天气和暖。天惟澄:天空清朗。班坐:依次列坐。依:依傍,顺着。远流:长长的流水。

㉑弱湍:舒缓的水流。驰:快速游动。文鲂:有花纹的方鱼。闲谷:空谷。矫:高飞。鸣鸥:鸣叫着的水鸥。

㉒迥泽:广阔的湖水。迥,远。散游目:纵目远望,随意观赏。缅然:沉思的样子。睇:流盼。曾丘:即曾城。

㉓微:无,不如。九重:指昆仑山的曾城九重。秀:秀丽。顾瞻:即瞻前

顾后，放眼四周。匹俦：匹敌，同类。

㉔壶：指酒壶。接：接待。引满：斟酒满杯。更：更替，轮番。献酬：互相劝酒。

㉕从今去：从今以后。不：同“否”。

㉖中筋：饮酒至半。纵遥情：放开超然世外的情怀。千载忧：指生死之忧。《古诗十九首》之十五：“生年不满百，常怀千岁忧。”

㉗极：指尽情。

【译文】

辛丑年正月初五日，天气晴朗和暖，风光景物宁静优美。我与两三位邻居，一同游览斜川。面对悠然远逝的流水，眺望曾城山。夕阳中，鲂鱼、鲤鱼欢快地跃出水面，鳞光闪闪；水鸥乘着和风自由自在地上下翻飞。那南面的庐山久负盛名，我已很熟，不想再为它吟诗作赋。至于曾城山，高耸挺拔，无所依傍，秀丽地独立于平泽之中；遥想那神仙所居的昆仑曾城，就更加喜爱眼前这座山的美名。如此欣然面对曾城赏景，尚不足以尽兴，于是即兴赋诗，抒发情怀。岁月流逝不返，使我感到悲伤；美好的年华离我而去不再停留，使我内心哀痛。各位游伴分别写下年龄、籍贯，并记下这难忘的一天。

新岁匆匆又过五日。
我的生命终将止休。
想到这些胸中激荡，
趁此良辰携友春游。
天气和暖碧空如洗，
依次列坐偎傍溪流。
缓缓流水鱼儿驰游，
静静空谷高翔鸣鸥。
湖泽广阔纵目远眺，
凝视曾城沉思良久。
秀美不及曾城九重，
目极四周无与匹涛。

提起酒壶款待游伴，
斟满酒杯相互劝酬。
尚且不知自今以后，
能否如此欢乐依旧？
酒至半酣放开豪情，
全然忘却千载忧愁。
今朝欢乐姑且尽兴，
明日如何非我所求。

示周续之祖企谢景夷三郎[1]

负疴颓檐下，终日无一欣[2]。
药石有时闲，念我意中人[3]。
相去不寻常，道路邈何因[4]？
周生述孔业，祖谢响然臻[5]。
道丧向千载，今朝复斯闻[6]。
马队非讲肆，校书亦已勤[7]。
老夫有所爱，思与尔为邻[8]。
愿言诲诸子，从我颍水滨[9]。

【注释】

①周续之：字道祖，博通五经，入庐山事释慧远，与刘遗民、陶渊明号称“浔阳三隐”。祖企、谢景夷：据萧统《陶渊明传》所记，二人皆为州学士。郎：对男子的尊称。逯本此诗题作《示周续之祖企谢景夷三郎时三人共在城北讲礼校书》，按“时三人共在城北讲礼校书”语本萧统《陶渊明传》，后人引以为注，遂讹添诗题，不足信。

②疴：病。颓檐：指破败的房子。颓：倒塌，衰败。欣：欢喜。

③药石：治病的药物和砭石。泛指药物。闲：间，间断。意中人：所思念的人，指周续之等三人。

④寻、常：古代计量长度的单位，八尺为寻，两寻为常。邈：遥远。这两句是说，我和你们相隔很近，但为什么道路显得那么遥远？

⑤周生：指周续之。生，旧时对读书人的称呼。述孔业：传授孔子的儒教。祖谢：祖企、谢景夷。响然臻：响应而至。臻：至，到。

⑥道：指孔子的儒家之道。向：将近。复斯闻：“复闻斯”的倒装。斯：这，指“道”。

⑦马队：指马厩，养马之处。讲肆：指讲堂，讲舍。校书：校对，订正书籍。勤：勤苦。

⑧老夫:作者自指。尔:你们。

⑨言:语助词,无意义。诲:劝说。颍水:河名,发源于河南登封县境,入安徽省境淮水。晋时皇甫谧《高士传》记,传说尧时有位隐士叫许由,隐居于颍水之滨,箕山之下,尧召他出来做官,许由不愿听,洗耳于颍水。陶此诗意在以隐居相召。

【译文】

破败茅屋抱病居,
终日无事可欢欣。
药石时而得间断,
经常思念我友人。
彼此相隔并非远,
路途遥遥是何因?
周生传授孔子业,
祖谢响应遂紧跟。
儒道衰微近千载,
如今于此又听闻。
马厩岂能作讲舍,
尔等校书太辛勤。
我虽年迈有所好,
愿与你们作近邻。
真心奉劝诸好友,
随我隐居颍水滨。

乞食

饥来驱我去，不知竟何之①。
行行至斯里，叩门拙言辞②。
主人解余意，遗赠岂虚来③？
谈谐终日夕，觞至辄倾杯④。
情欣新知欢，言咏遂赋诗⑤。
感子漂母惠⑥，愧我非韩才。
衔戢知何谢，冥报以相贻⑦。

【注释】

①驱我去：逼迫我走出家门。竟：究竟。何之：往何处去。之：往。

②斯：这。里：居民聚居的地方，指村里。拙言辞：拙于言辞，不知该怎么说才好。这里表现一种羞于启齿、欲言又止的复杂心理活动。

③解余意：理解我的来意。遗：赠送。岂虚来：哪能让你（指诗人）白跑一趟。

④谈谐：彼此谈话投机。觞至辄倾杯：每次进酒总是一饮而尽。辄：就，总是。

⑤新知：新交的朋友。言咏：吟咏。

⑥感：感激。子：对人的尊称。漂母惠：像漂母那样的恩惠。漂母，在水边洗衣服的妇女。

⑦衔戢：谓敛藏于心，表示衷心感激。戢：藏。冥报：谓死后在幽冥中报答。贻：赠送。

【译文】

饥饿驱我出门去，
不知究竟去哪里。
前行来到此村落，

敲门却难致词语。
主人理解我心意，
慷慨相赠来不虚。
畅谈终日话投机，
斟酒即饮不客气。
新交好友心欢畅，
即席赋诗表情意。
感你恩深似漂母，
无韩信才我心愧。
牢记胸中如何谢，
死后报答君恩惠。

诸人共游周家墓柏下[①]

今日天气佳,清吹与鸣弹[②]。
感彼柏下人,安得不为欢[③]?
清歌散新声,绿酒开芳颜[④]。
未知明日事,余襟良已殚[⑤]。

【注释】

①诸人:众人。周家墓:据《晋书·周访传》载:陶侃当初乡居未显达时,遭父母丧,将要下葬,家中忽失一牛。陶侃寻牛时遇一老父,老父说:"前冈见一牛,眠山污中,其地若葬,位极人臣矣。"又指一山说:"此亦其次,当出二千石。"于是陶侃葬父母于前一山。将另一山指示给周访,访葬其父,果为刺史。陶、周两家世婚。陶渊明这次所游之地,也许就是周访家墓。

②清吹:指管乐器。鸣弹:指弦乐器。

③感:感悟,有感于。柏下人:指葬在柏树下的墓中人。安得:怎能。

④清歌:清亮的歌声。散:发出。绿酒:新酒。新酿之酒呈绿色,故称。开:启。芳颜:美好的容颜。指笑逐颜开。

⑤明日事:指将来之事,包括生死之忧。襟:心怀。良:甚。殚:竭尽。

【译文】

今日天气多美好,
管乐清吹鸣琴弹。
感慨柏下长眠者,
人生怎能不为欢?
清歌一曲发新声,
新酒使人开笑颜。
未知明日生死事,
快意当前且尽欢。

怨诗楚调示庞主簿邓治中[1]

天道幽且远，鬼神茫昧然[2]。
结发念善事，相偭六九年[3]。
弱冠逢世阻，始室丧其偏[4]。
炎火屡焚如，螟蜮恣中田[5]。
风雨纵横至，收敛不盈廛[6]。
夏日长抱饥，寒夜无被眠[7]。
造夕思鸡鸣，及晨愿乌迁[8]。
在己何怨天，离忧凄目前[9]。
吁嗟身后名，于我若浮烟[10]。
慷慨独悲歌，钟期信为贤[11]。

【注释】

①怨诗楚调：汉乐府相和歌辞中有楚调。王僧虔《技录》："楚调曲中有《怨歌行》。"本诗就是模仿这种体裁，以抒发哀怨悲伤之情。庞主簿：即庞遵，字通之，诗人的朋友。主簿是其官职。邓治中：事迹不详，亦为诗人之友。治中是其官职。

②天道：犹言天命。古人迷信认为，人的福祸命运是由上天主宰、支配的。幽且远：深邃而玄远。茫昧然：幽暗不明的样子。

③结发：犹"束发"，谓年轻的时候，一般指十五岁以上。《大戴礼·保傅》："束发而就大学。"注："束发谓成童。"又《礼记·内则》："成童舞象。"注："成童，十五以上。"念善事：打算做好事、积善德。相偭：勤勉，努力。六九年：五十四岁。

④弱冠：指二十岁。《礼记·曲礼上》："二十曰弱，冠。"弱，年少。古代男子二十岁行冠礼。世阻：世道险阻。陶渊明二十岁时，是晋孝武帝太元九年(384年)，当时北方的前秦大举入寇，时局混乱；同时江西一带又遭灾荒。

这就是“逢世阻”的具体内容。始室：指三十岁。《礼记·内则》：“三十而有室（妻），始理男事。”丧其偏：这里指丧妻。古代死去丈夫或妻子都叫“丧偏”。

⑤炎火：炎日似火。指旱天烈日。焚如：火烧一般。螟蜮：侵食禾苗的两种害虫。《吕氏春秋·任地》：“又无螟蜮。”高诱注：“食心曰螟，食叶曰蜮。”恣：恣意，放纵。中田：即田中。

⑥纵横：形容狂风暴雨之猛烈。收敛：收获。不赢廛：不够交纳田税。盈：满。廛：古代一夫之田。亦指田税。孙冶让《周礼正义·遂人》：“《诗》所云‘三百廛兮’者，自是三百家之税。”

⑦抱饥：谓挨饿。寒夜：指冬夜。

⑧造夕：到了傍晚。思：盼。乌迁：太阳西逝，即太阳落山。古代传说日中有三足乌，所以太阳为金乌。这两句意思是说，由于饥寒交迫，度日艰难，所以一到傍晚就盼望天明，而刚至早晨又希望太阳快些落山。

⑨离忧：遭遇忧患，离，通“罹”。凄：凄然，悲伤。

⑩吁嗟：感叹词。浮烟：飘浮的云烟，喻不值得关心的事物。

⑪钟期：即钟子期，是古代音乐家伯牙的知音。《列子·汤问》：“伯牙鼓瑟，志在高山，钟子期曰：峨峨然若泰山。志在流水，曰：洋洋然若江河。子期死，伯牙绝弦，以无知音者。”许人在这里借钟子期指庞主簿、邓治中，表示只有他们才能理解这首悲歌的深意。信：确实。

【译文】

天道幽深而玄远，
鬼神之事渺难算。
年少已知心向善，
五十四岁犹勤勉。
二十岁上遭时乱，
三十丧妻我独鳏。
旱天烈日似火烧，
害虫肆虐在田间。
风雨交加来势猛，

收获不足纳税钱。
夏日缺粮长饥饿，
冬夜无被受冻寒；
夜幕降临盼天亮，
日出却愿日落山。
我命自苦难怨天，
遭受忧患心熬煎。
死后名声何足叹，
在我视之如云烟。
慷慨悲歌孤独心，
唯有知音晓哀怨。

答庞参军并序

三复来贶[①]，欲罢不能。自尔邻曲[②]，冬春再交[③]，款然良对[④]，忽成旧游[⑤]。俗谚云："数面成亲旧"[⑥]，况情过此者乎？人事好乖[⑦]，便当语离[⑧]，杨公所叹[⑨]，岂惟常悲[⑩]？吾抱疾多年，不复为文[⑪]；本既不丰[⑫]，复老病继之。辄依《周礼》往复之义[⑬]。且为别后相思之资[⑭]。

相知何必旧，倾盖定前言[⑮]。
有客赏我趣，每每顾林园[⑯]。
谈谐无俗调，所说圣人篇[⑰]。
或有数斗酒，闲饮自欢然[⑱]。
我实幽居士，无复东西缘[⑲]。
物新人惟旧，弱毫多所宣[⑳]。
情通万里外，形迹滞江山[㉑]。
君其爱体素，来会在何年[㉒]？

【注释】

①三复来贶：再三展读所赠之诗。贶，赠送。

②自尔邻曲：自从那次我们为邻。尔：那，如此。邻曲：邻居。

③冬春再交：冬天和春天再次相交。横跨两个年头，实际只一年多。再，第二次。

④款然：诚恳的样子。良对：愉快地交谈。对：对话、交谈。

⑤忽：形容很快。旧游：犹言"故友"。游：交游，游从。

⑥数面：几次见面。成亲旧：成为至亲好友。

⑦好乖：容易分离。这里有事与愿违之意。乖，违背。

⑧便当：即将要。语离：话别。

⑨杨公所叹：杨公，指战国初哲学家杨朱。《淮南子·说林训》："杨子见逵路而泣之，为其可以南，可以北。"高诱注："道九达曰逵，悯其别也。"所叹：指所感叹离别之意，亦寓有各奔前程之意。

⑩岂惟常悲:哪里只是一般的悲哀。

⑪为文:指作诗。六朝以有韵为文,无韵为笔。

⑫本:指体质。丰:指强壮。

⑬辄依:就按照。《周礼》往复之义:《礼记·曲礼》:“礼尚往来。往而不来,非礼也;来而不往,非礼也。”

⑭资:凭借,寄托。

⑮相知:相互友好,互为知音。旧:旧交,旧友。倾盖:《史记·邹阳列传》:“谚曰:有白头如新,倾盖如故。”盖指车盖,状如伞。谚语的意思是说:有些人相互交往到老,却并不相知,如同陌路新识;有些人一见如故,即成知音。后遂以“倾盖”代指一见如故。定前言:证明前面所说的“数面成亲旧”“相知何必旧”是对的。

⑯客:指庞参军。顾:光顾。林园:指作者所居住的地方。

⑰谈谐:彼此谈话投机。说:同“悦”,喜欢。圣人篇:圣贤经典。

⑱或:有时,间或。闲:悠闲。

⑲幽居士:隐居之人。东西:指为求仕而东西奔走。缘:缘分。

⑳物新人惟旧:《尚书·盘庚》:“迟任有言曰:‘人惟求旧,器非求旧,维新。’”物新:事物更新,诗中寓有晋宋易代之意。人唯旧:人以旧识为可贵,谓继续保持我们的友谊。弱毫:指毛笔。多所宣:多多写信。宣,表达,指写信。

㉑这两句是说:尽管我们远隔千山万水,但可以通过书信传达情意。形迹:形体,指人身。滞江山:为江山所滞。滞,不流通,谓阻隔。

㉒体素:即素体,犹言“玉体”,对别人身体的美称。来会:将来相会。

【译文】

我再三展读您的赠诗,爱不释手。自那次我们成为邻居,至今已是第二个冬春了,诚挚愉快的交谈,很快使我们成为了老朋友。俗话说:“几次见面便成至亲老友”,更何况我们的交情又远比这深厚呢?人生常常事与愿违,现在又要彼此话别,正如杨朱临歧而叹,哪里只是一般的悲哀!我患病多年,不再写诗;体质本来就差,又加上年老多病。就按照《周礼》所说“礼尚往来”的意思,同时也作为别后相思时的慰藉,而写下此诗。

相互知心何必老友，
倾盖如故足证此言。
您能欣赏我的志趣，
经常光顾我的林园。
谈话投机毫不俗气，
共同爱好先圣遗篇。
偶尔酿得美酒数斗，
悠闲对饮心自欢然。
我本是个隐居之人，
奔走求仕与我无缘。
时世虽变旧友可贵，
常常写信以释悬念。
情谊能通万里之外，
虽然阻隔万水千山。
但愿先生保重贵体，
将来相会知在何年？

五月旦作和戴主簿[①]

虚舟纵逸棹,回复遂无穷[②]。
发岁始俯仰,星纪奄将中[③]。
南窗罕悴物,北林荣且丰[④]。
神萍写时雨,晨色奏景风[⑤]。
既来孰不去?人理固有终[⑥]。
居常待其尽,曲肱岂伤冲[⑦]。
迁化或夷险,肆志无窊隆[⑧]。
即事如已高,何必升华嵩[⑨]。

【注释】

①五月旦:五月一日。和:和诗。依照戴主簿所赠之诗的题材、格律而写诗。戴主簿:诗人的朋友,事迹不详。主簿:官名,主管文书簿籍。

②虚舟:空船。逸:快。棹:船桨。这两句化用《庄子·列御寇》"若不系之舟,虚而遨游者也"之意,比喻迅速流逝的时光。

③发岁:开岁,一年之始。俯仰:俯仰之间,形容时间短暂。星纪:星次名,这里指癸丑年(413年)。古代星岁纪年法,把周天划为十二分次,每分次有一专名,星纪即其中之一。岁星运行一个分次,就是一年。《晋书·天文志》:"自南斗十二度至须女七度为星纪,于辰在丑。"晋义熙九年即为癸丑岁。奄:忽然。将中:将到年中,指五月。

④罕:罕见,稀少。悴:憔悴,指干枯之物。荣且丰:繁荣茂盛。

⑤神萍:雨师。《楚辞·天问》:"蓱起雨,何以兴之?"王逸注:"蓱,萍翳,雨师名也。"写:同"泻",倾注。奏:进,奉献。景风:古代指祥和之风。《尔雅·释天》:"四时和为通正,谓之景风。"《列子·汤问》:"景风翔,庆云浮。"也指南风或东南风,如《说文·风部》:"南方曰景风。"《史记·律书》:"景风居南方。景者言阳气道竟,故曰景风。"《淮南子·墬形训》:"东南曰景风。"

⑥来、去：指生，死。人理：人生的道理。

⑦居常待其尽：安于贫困，等待命终。晋代皇甫谧《高士传》："贫者，士之常也；死者，命之终也。居常以待终，何不乐也？"曲肱："曲肱而枕之"的省略，即弯曲胳膊作枕头。语本《论语·述而》："饭蔬食，饮水，曲肱而枕之，乐亦在其中矣。"岂伤：哪里妨害。冲：虚，淡泊，指道的最高境界。《老子》："道冲而用之，或不盈"；"大盈若冲，其用不穷"。

⑧迁化：指时运的变化。夷：平坦。肆志：随心任性。窊隆：谓地形佳。下部隆起，引申为起伏。高下。

⑨即事：就事，对眼前事物的认识。华嵩：华山和嵩山，传说为神仙所居之地。

【译文】

时光流逝日月如梭，
往复回环于是无穷。
新年刚过转眼之间，
忽然又到一年之中。
南窗之外枯木稀少，
北面树林一片繁荣。
雨神及时降下甘雨，
清晨吹拂祥和南风。
人既生来谁能不死？
人生规律必然有终。
处于穷困等待命尽，
安贫乐贱何妨道隆。
时运变化有顺有险，
随心任性并无卑崇。
倘能遇事达观视之，
何必访仙祈求长生。

连雨[1]独饮

运生会归尽，终古谓之然[2]。
世间有松乔，于今定何间[3]？
故老赠余酒，乃言饮得仙[4]。
试酌百情远，重觞忽忘天[5]。
天岂去此哉？任真无所先[6]。
云鹤有奇翼，八表须臾还[7]。
自我抱兹独，俛俛四十年[8]。
形骸久已化，心在复何言[9]！

【注释】

①连雨：连日下雨。

②运：天运，指自然界发展变化的规律。生：指生命。会：当。归尽：指死亡。终古：自古以来；往昔。这两句的意思是说，自然界的发展变化规律，是有生必有死，自古以来就是如此。

③松：赤松子，古代传说中的仙人。《汉书·张良传》："愿弃人间事，欲以赤松子游耳。"注："赤松子，仙人号也，神农时为雨师。"乔：王子乔，名晋，周灵王的太子。好吹签，作凤鸣，乘白鹤仙去。事见刘向《列仙传》。定何间：究竟在何处。

④故老：老朋友。乃：竟，表示不相信。饮得仙：谓饮下此酒可成神仙。

⑤试酌：初饮。百情：指各种杂念。远：有忘却，断绝之意。重觞：再饮。忘天：忘记上天的存在。

⑥去此：离开这里。任真：听任自然。《庄子·齐物论》郭象注："任自然而忘是非者，其体中独任天真而已，又何所有哉！"无所先：没有比这更重要的了。《列子》："其在老耋，欲虑柔焉，物莫先焉。"

⑦云鹤：云中之鹤。八表：八方之外，泛指极远的地方。须臾：片刻。

⑧独：指任真。相俛：勤勉，努力。

⑨形骸:指人的形体。化:变化。心在:指“任真”之心依然不变。

【译文】

自然运化生必会死，
宇宙至理自古而然。
古代传说松乔二仙，
今在何处谁人看见？
故旧好友送我美酒，
竟说饮下可得成仙。
初饮一杯断绝杂念，
继而再饮忘却苍天。
苍天何尝离开这里？
万事莫过听任自然。
云鹤生有神奇翅膀，
遨游八荒片刻即还。
自我抱定听任自然，
勤勉至今已四十年。
身体虽然不断变化，
此心未变有何可言？

移居二首其一[①]

昔欲居南村,非为卜其宅[②]。
闻多素心人,乐与数晨夕[③]。
怀此颇有年,今日从兹役[④]。
弊庐何必广?取足蔽床席[⑤]。
邻曲时时来,抗言谈在昔[⑥]。
奇文共欣赏,疑义相与析[⑦]。

【注释】

①这首诗写迁居南村的原因和迁居后的乐趣。诗中热情赞美了南村"素心"人,表现了志同道合的高雅而纯洁的志趣。诗人与这些纯朴的"素心"人朝夕相处,无拘无束,叙谈往事,品评文章,感情融洽而欢乐无限。

②非为卜其宅:语出《左传·昭公三年》:"非宅是卜,唯邻是卜。"古人在建宅前,先用占卜的方法选取吉祥之地。这句诗的意思是说,我不是为了选择好的宅地,而是要选择好的邻居。

③素心人:心地纯朴的人。数晨夕:谓朝夕相处。

④从兹役:进行这次劳动,指移居。

⑤弊庐:破旧的房屋。指移居后的住房。取足蔽床席:只要能遮蔽床和席就足够了。意谓只要有个睡觉的地方就行了。

⑥邻曲:邻居。抗言:直言不讳地谈论。在昔:过去,这里指往古之事。

⑦奇文:指好的文章。疑义:指疑难问题。

【译文】

从前便想居南村,
非为选择好住宅。
闻道此间入纯朴,
乐与相伴共朝夕。
我怀此念已很久,

今日迁居南村里。
陋室何必要宽大？
遮蔽床靠愿足矣。
邻居常常相往来，
直言不讳谈往昔。
美妙文章同欣赏，
疑难问题共分析。

移居二首其二①

春秋多佳日,登高赋新诗②。
过门更相呼,有酒斟酌之③。
农务各自归,闲暇辄相思④。
相思削披衣⑤,言笑无厌时。
此理将不胜?无为忽去兹⑥。
衣食当须纪,力耕不吾欺⑦。

【注释】

①这首诗写移居南村后,与邻居们同劳作、共游乐,建立了亲密无间的友谊。同时,对躬耕自岭的生活也表示了适意与满足。

②登高:登山,指游赏。赋新诗:即作新诗。

③更相呼:相互招呼。斟酌:指饮酒。斟:执壶注酒。酌:饮酒。

④农务:指农忙时。与下句“闲暇”相对。辄:就,总是。

⑤披衣:谓披上衣服去串门。

⑥此理:指上述与邻居交往的乐趣。将:岂,难道。胜:强,高。无为:不要。去兹:离开这里。

⑦纪:经营,料理。不吾欺:即“不欺吾”。

【译文】

春秋之季多朗日,
登高赏景咏新诗。
经过门前相呼唤,
有酒大家共饮之。
农忙时节各归去,
每有闲暇即相思。
相思披衣去串门,
欢言笑语无厌时。

此情此趣岂不美？
切勿将它轻抛弃。
衣食须得自料理，
躬耕不会白费力。

和刘柴桑

山泽久见招，胡事乃踌躇[1]？
直为亲旧故，未忍言索居[2]。
良辰入奇怀，挈杖还西庐[3]
荒涂[4]无归人，时时见废墟。
茅茨已就治，新畴复应畬[5]。
谷风转凄薄，春醪解饥劬[6]。
弱女虽非男[7]，慰情聊胜无。
栖栖世中事，岁月共相疏[8]
耕织称其用，过此奚所须[9]？
去去百年外，身名同翳如[10]。

【注释】

①山泽：山林湖泽，代指隐居之处。这里指刘遗民劝作者隐居庐山。胡事：为何。乃：竟。踌躇：犹豫不决，驻足不前。

②直：只，但。故：缘故。索居：独居，孤独地生活。

③良辰：指良辰之美景。奇：不寻常。挈杖：持杖，拄杖。挈：提。西庐：指作者在柴桑的上京里旧居。柴桑在九江县西南二十里，故称“西庐”。

④涂：同“途”，道路。

⑤茅茨：茅屋。茨：用芦苇、茅草盖的屋顶。《诗经·小雅·甫田》：“如茨如梁。”郑玄笺：茨，屋盖也。已就治：已经修补整理好。就，成。新畴：新开垦的田地。畬：第三年治理新垦的田地。《尔雅·释地》：“田，一岁曰苗，二岁曰新田，三岁曰畬。”

⑥谷风：指东风。《尔雅·释天》：“东风谓之谷风。”凄薄：犹“凄紧”，寒意逼人的意思。薄：迫。春醪：春酒。劬：劳累。

⑦弱女：比喻薄酒。晋嵇含《南方草木状·草》：“南人有女数岁，即大酿酒……女将嫁，乃发陂取酒以供宾客，谓之女酒。”男：喻醇酒。

⑧栖栖:忙碌不安的样子。共相疏:谓已与“世中事”相互疏远。

⑨称:适合。奚:何。

⑩去去:指岁月的渐渐流逝。百年外:指死后。翳如:隐没,消失。

【译文】

久已招我隐庐山,
为何犹豫仍不前?
只是为我亲友故,
不忍离群心挂牵。
良辰美景入胸怀,
持杖返回西庐间。
沿途荒芜甚凄凉,
处处废墟无人烟。
简陋茅屋已修葺,
还需治理新垦田。
东风寒意渐逼人,
春酒解饥消疲倦。
薄酒虽不比佳酿,
总胜无酒使心安。
世间之事多忙碌,
我久与之相疏远。
耕田织布足自给,
除此别无他心愿。
人生百岁终将逝,
身毁名灭皆空然。

酬[1] 刘柴桑

穷居寡人用，时忘四运周[2]。
空庭[3]多落叶，慨然已知秋。
牖葵郁北牖，嘉穟养南畴[4]。
今我不为乐，知有来岁不[5]？
命室携童弱，良日登远游[6]。

【注释】

①酬：以诗文相赠答。

②穷居：偏僻的住处。人用：指人事应酬。用：为。四运：四时运行。周：周而复始，循环。

③空：此字诸本多有不同，或作"门"，或作"桐"，或作"阎"，或作"檐"，今从焦本。

④牖：或作"墉"，今从和陶本、焦本。牖：窗户。葵：冬葵，一种蔬菜。穟：同"穗"。畴：田地。

⑤不：同"否"。

⑥室：指妻子。登：通"得"。

【译文】

隐居偏远少应酬，
常忘四季何节候。
空旷庭院多落叶，
悲慨方知已至秋。
北窗之下葵茂盛，
禾穗饱满在南畴。
我今如若不行乐，
未知尚有来岁否？
教妻带上小儿女，
趁此良辰去远游。

和郭主簿二首其一[1]

蔼蔼堂前林，中夏贮清阴[2]。
凯风因时来，回飚开我襟[3]。
息交游闲业[4]，卧起弄书琴。
园蔬有余滋，旧谷犹储今[5]。
营己良有极，过足非所钦[6]。
舂秫作美酒，酒熟吾自斟[7]。
弱子戏我侧，学语未成音[8]。
此事真复乐，聊用忘华簪[9]。
遥遥望白云，怀古一何深[10]！

【注释】

①这一首诗作于仲夏之季。诗中以轻松愉快的笔触，充分展示了闲适自足的乐趣。忘却功名富贵，享受天伦之乐，也只有古代圣贤方能牵动自己的情怀。

②蔼蔼：茂盛的样子。贮：储存，积蓄，这里用以形容树阴的茂密浓厚。

③凯风：指南风。《尔雅·释天》："南风谓之凯风。"因时：按照季节。回飚：回旋的风。

④息交：停止官场中的交往。游：优游。闲业：指书琴等六艺，与仕途"正业"相对而言。

⑤余：多余，过剩。滋：生长繁殖。犹储今：还储存至今。

⑥营己：经营自己的生活。良：很。极：极限。过足：过多。钦：羡慕。

⑦舂：捣掉谷类的壳皮。秫：即黏高粱。多用以酿酒。自斟：自饮。斟：往杯中倒酒。

⑧弱子：幼小的儿子。戏：玩耍。学语未成音：刚学说后，吐字不清。

⑨真：纯真，天真。聊：暂且。华簪：华贵的发簪。这里比喻华冠，指做官。

⑩白云:代指古时圣人。《庄子·天地》:“夫圣人……天下有道,则与物皆昌;天下无道,则修德就闲。千岁厌世,去而上仙,乘彼白云,至于帝乡。”怀古:即表示自己欲仿效古时圣人。一何:多么。

【译文】

堂前林木郁葱葱,
仲夏积蓄清凉荫。
季候南风阵阵来,
旋风吹开我衣襟。
离开官场操闲业,
终日读书与弹琴。
园中蔬菜用不尽,
往年陈谷存至今。
超过需求非所钦。
我自春秋酿美酒,
酒熟自斟还自饮。
幼子玩耍在身边,
咿哑学语未正音。
生活纯真又欢乐,
功名富贵似浮云。
遥望白云去悠悠,
深深怀念古圣人。

和郭主簿二首其二[①]

和泽周三春，清凉素秋节[②]。
露凝无游氛，天高肃景澈[③]。
陵岑耸逸峰，遥瞻皆奇绝[④]。
芳菊开林耀，青松冠岩列[⑤]。
怀此贞秀姿，卓为霜下杰[⑥]。
衔觞念幽人，千载抚尔诀[⑦]。
检素不获展，厌厌竟良月[⑧]。

【注释】

①这一首诗作于秋季。诗中通过对秋景的描绘和对古代幽人的企慕，既表现了诗人对山林隐逸生活的热爱，也衬托出诗人芳洁贞秀的品格与节操。

②和泽：雨水和顺。周：遍。三春：春季三个月。素秋：秋季。素：白。古人以五色配五方，西尚白；秋行于西，故曰素秋。

③露凝：露水凝结为霜。游氛：飘游的云气。肃景：秋景。《汉书·礼乐志》："秋气肃杀。"澈：清澈，明净。

④陵：大土山。岑：小而高的山。逸峰：姿态超迈的奇峰。遥瞻：远望。

⑤开：开放。耀：耀眼；增辉。冠岩列：在山岩的高处排列成行。

⑥贞秀姿：坚贞秀美的姿态。卓：直立。此处有独立不群意。霜下杰：谓松菊坚贞，不畏霜寒。

⑦衔觞：指饮酒。幽人：指古代的隐士。抚尔诀：坚守你们的节操。抚：保持。尔：你们。诀：法则，原则，引申为节操。

⑧检素：检点素志；回顾本心。展：施展。厌厌：精神不振的样子。竟：终。良月：指十月。《左传·庄公十六年》："使以十月入，曰：'良月也，就盈数焉。'"

【译文】

雨水调顺整春季，

秋来清凉风萧瑟。
露珠凝聚无云气，
天高肃爽景清澈。
秀逸山峰高耸立，
远眺益觉皆奇绝。
芳菊开处林增辉，
岩上青松排成列。
松菊坚贞秀美姿，
霜中挺立真豪杰。
含杯思念贤隐士，
千百年来守高节。
顾我素志未施展，
闷闷空负秋十月。

于王抚军座送客①

秋日凄且厉，百卉具已腓②。
爰以履霜节，登高饯将归③。
寒气冒山泽，游云倏无依④。
洲渚四缅邈，风水互乖违⑤。
瞻夕欣良宴，离言聿云悲⑥。
晨鸟暮来还，悬车敛余辉⑦。
逝止判殊路，旋驾怅迟迟⑧。
目送回舟远，情随万化遗⑨。

【注释】

①王抚军：王弘。义熙十四年(418年)，王弘以抚军将军监江州、豫州之西阳、新蔡二郡诸军事，任江州刺史。客：兼指庾登之和谢瞻。庾登之：原任西阳太守，此次征人为太子庶子、尚书左丞。谢瞻：原任相国从事中郎，此次赴任豫章太守，途经浔阳。按谢瞻永初二年(421年)为豫章太守，次年瞻死，则此诗即当作于永初二年。

②卉：草的总称。腓：草木枯萎。

③爰：于是。履霜节：指秋九月。《诗经·幽风·七月》："九月肃霜。"饯：以酒食送行。将归：将要离去之人。指瘐登之、谢瞻。

④冒：覆盖。倏：忽然，疾速。

⑤洲渚：水中陆地，大者为洲，小者为渚。《尔雅·释水》："水中可居者，洲；小洲曰渚。"缅邈：遥远的样子。风水互乖违：风向和水流的方向相反。乖违：违背，有分离之意。

⑥离言：离别的话语，告别之辞。聿：语助词，无义。

⑦悬车：也作"县车"。古代计时的名称，指黄昏前的一段时间。《淮南子·天文训》："至于悲泉，爰止其女，爰息其马，是谓县车。至于虞渊，是谓黄昏。"敛余辉：收敛了残余的光辉。谓夕阳日光渐暗。

⑧逝:去,指离去的客人。止:留,指送客的人。判:分开。旋驾:回车。迟迟:缓慢的样子。

⑨回舟:归去的舟。回:还,归。万化:万物变化,指宇宙自然之化迁。遗:忘,消失。

【译文】

秋日凄寒风凌厉,
百草皆衰成枯萎。
眼见霜降至九月,
登高饯别送客归。
寒气肃肃宠山泽,
游云飘忽无委依。
洲诸四望天遥远,
风向水流正相背。
傍晚欣逢设佳宴,
离别话语使人悲。
晨出之鸟暮飞归,
夕阳落日残光辉。
客去我归路不同,
回车惆怅意徘徊。
目送归舟去遥远,
情随自然归空寂。

与殷晋安别并序

殷先作晋安南府长史椽[①],因居浔阳[②],后作太尉[③]参军,移家东下[④]。作此以赠。

游好非少长,一遇尽殷勤[⑤]。
信宿酬清话,益复知为亲[⑥]。
去岁家南里,薄作少时邻[⑦]。
负杖肆游从,淹留忘宵晨[⑧]。
语默自殊势,亦知当乖分[⑨]。
未谓事已及,兴言在兹春[⑩]。
飘飘西来风,悠悠东去云[⑪]。
山川千里外,言笑难为因[⑫]。
良才不隐世,江湖多贱贫[⑬]。
脱有经过便,念来存故人[⑭]。

【注释】

①南府:是晋安郡分设的南郡。长史椽:郡丞的书记。长史指郡丞;椽是掌书记之职。

②浔阳:地名,在今江西九江市。

③太尉:官名,指刘裕。

④东下:由浔阳去建康,顺江东下。

⑤游好:谓交游、相好。尽:极。殷勤:情意恳切深厚。

⑥信宿:连宿两夜。《诗经·豳风·九罭》:"公归不复,于女信宿。"毛传:"再宿曰信;宿犹处也。"亦兼有流连忘返之意。《水经注·江水二》:"流连信宿,不觉忘返。"酬:应对,交谈。清话:谓无世俗之谈。益复:更加。

⑦去岁:指义熙六年(410 年)。南里:即南村。诗人于去岁迁居于此。参见《移居二首》。薄:语助词,无义。少:短。

⑧负杖:持杖。负:凭恃。肆:肆意,纵情。游从:相伴而游。淹留:久

留,指流连忘返。宵:夜。

⑨语默:说话与沉默,代指仕与隐。《周易·系辞》:"君子之道,或出或处,或默或语。"殊势:地位不同。乖分:分离。

⑩未谓:没有想到。谓:以为。事:指分离之事。及:到,来临。兴:起,动身。言:语助词,无义。这两句是说,没有想到离别的事就来了,(您)在今年春天就动身。

⑪这两句比喻殷景仁的离去。

⑫难为因:难得有因由。因:因缘,机会。这一句是说,难有机会在一起谈笑了。

⑬良才:指殷景仁。江湖:指隐居于江湖。贱贫:作者自指。

⑭脱:倘或,或许。存:存间,探望。故人:老朋友,作者自指。

【译文】

殷景仁原先任江州晋安郡南府长史椽,因而住在浔阳。后来作太尉参军,迁移全家东下。我作这首诗赠给他。

好友相交并不久,
一见如故意诚恳。
流连忘返对畅谈,
更加知心相亲近。
去岁迁家至南村,
你我短时为近邻。
持杖游乐相伴从,
随兴所至忘时辰。
仕隐地位自不同,
我知早晚当离分。
不料离别已来到,
动身就在此年春。
飘飘西风来,
悠悠东去云。
千里山川相阻隔,

再度相逢难有因。
贤才出仕能通达，
江湖隐者多贱贫。
倘若有便相经过，
勿望来看老友人。

赠羊长史并序

左军羊长史衔使秦川[①],作此与之。

愚生三季后,慨然念黄虞[②]。
得知千载上,正赖古人书[③]。
贤圣留余迹,事事在中都[④]。
岂忘游心目?关河不可逾[⑤]。
九域甫已一,逝将理舟舆[⑥]。
闻君当先迈,负疴不获俱[⑦]。
路若经商山,为我少踌躇[⑧]。
多谢绮与角,精爽今何如[⑨]?
紫芝[⑩]谁复采?深谷久应芜。
驷马无贳患,贫贱有交娱[⑪]。
清谣结心曲,人乖运见疏[⑫]。
拥怀累代下,言尽意不舒[⑬]。

【注释】

①左军:指左将军朱龄石。羊长史:指羊松龄,当时是左将军的长史。长史:官名,将军的属官,主持幕府。衔使:奉命出使。秦川:指关中一带。

②愚:自称的谦辞。三季:指夏、商、周三个朝代的末期。《汉书·叙传下》:“三季之后,厥事放纷。”颜师古注:“三季,三代之末也。”黄虞:指传说中的上古帝王黄帝和虞舜。

③千载上:指千年以前的事情。赖:依赖,依靠。

④余迹:犹遗迹。中都:中州,泛指洛阳、长安一带的中原地区。

⑤游心目:游心并游目的合称。游心:犹设想,谓心神向往。游目:谓目光由近及远,随意观览瞻望。逾:越过。

⑥九域:九州,指全国。甫:开始。一:统一。逝:发语词,无义。舟舆:船和

车。这两句是说:全国已经统一,我将整理车船到中原去。

⑦先迈:先行,指去关中。负疴:抱病。不获俱:不能同往。

⑧商山:在今陕西省商县东南。少:稍。踌躇:驻足,停留。

⑨绮与角:指绮里季和角里先生。角亦作"角"。他们同东园公,夏黄公为避秦时乱而隐居商山,至汉初时都有八十多岁,须眉皆白,被称为"商山四皓"。精爽:精神魂魄。《左传·昭公二十五年》:"心之精爽,是为魂魄。"

⑩紫芝:蕈的一种,跟灵芝相似,菌盖和菌柄皆呈黑色。传说四皓在商山隐居时常采而充饥。

⑪驷马:四匹马拉的车。贳:赦免,免除。患:祸患。交娱:连接不尽的欢乐。交,前后相接,《高士传》记"四皓"作歌说:"莫莫高山,深谷逶迤,晔晔紫芝,可以疗饮。唐虞世远,吾将安归?驷马高盖,其忧甚大,富贵之畏人兮,不如贫贱之肆志。"陶渊明此诗以上四句。就是用此歌之意,是说四皓已亡,紫芝无人再采,深谷也久已荒芜;但富贵不能免祸,不如贫贱为乐。

⑫清谣:清新的歌谣,指上引《四皓歌》。结心曲:牢记于内心深处。乖:违背,相离。运见疏:谓因时代相隔而被疏远了。运:指时代。

⑬拥怀:怀有感慨。累代,许多代。意不舒:意未尽。舒:舒展。

【译文】

左将军长史羊松龄奉命出使秦川,我作此诗赠给他。

我处三代衰微后,
古之盛世我思慕。
了解千年以前事,
全靠阅读古人书。
古代圣贤留遗迹,
桩桩都在中州处。
岂能忘记去瞻仰?
无奈山河远隔阻。
九州今始定一统,
我将整装登征途。
听说你先奉命去,

我今抱病难同赴。
如果路途经商山，
请你为我稍驻足。
多谢商山贤四皓，
未知精魂今何如？
紫芝有谁还在采？
深谷应是久荒芜。
仕途难免遭祸患，
岂如贫贱多欢娱？
四皓歌谣记心内，
不见古人叹命苦。
数代之下怀感慨，
言不尽意难倾诉。

岁暮和张常侍[1]

市朝凄旧人，骤骥感悲泉[2]。
明旦非今日，岁暮余何言[3]！
素颜敛光润，白发一已繁[4]。
阔哉秦穆谈，旅力岂未愆[5]！
向夕长风起，寒云没西山[6]。
厉厉气遂严[7]，纷纷飞鸟还。
民生鲜长在，矧伊愁苦缠[8]！
屡阙清酣至[9]，无以乐当年。
穷通靡攸虑，憔悴由化迁[10]。
抚己有深怀，履运增慨然[11]。

【注释】

①岁暮：指除夕。张常侍：当指张野。《晋书·隐逸传》说陶渊明"既绝州郡觐谒，其乡亲张野及周旋人、羊松龄、庞遵等，或有酒要之，或要之共至酒坐"。又据《莲社高贤传》记：张野，字莱民，居浔阳柴桑，与渊明有婚姻契；征拜散骑常侍，不就。因此称张常侍。

②市朝：本指大众会集之处，这里指朝廷官府，《华阳国志》："京师，天下之市朝也。"作者《感士不遇赋》"阎阎懈廉退之节，市朝驱易进之心。"凄：悲。旧人：有双关意，一指亡故之人，一指仕晋僚臣。骤骥：疾奔的千里马，这里指迅速运行的太阳。悲泉：日落之处。《淮南子·天文训》："至于悲泉，爰止其女，爰息其马。"这两句是说，人生易逝，光阴迅速。

③旦：早晨。何言：有什么话好说。

④素颜：谓脸色苍白。敛光润：收敛起光泽，指面容憔悴，没有光泽。一：语助词、无义。繁：多。

⑤阔：迂阔。秦穆：即秦穆公，秦国的国君。旅：同"膂"，脊梁骨。旅力，即体力。愆：丧失。《尚书·秦誓》记秦穆公说："番番良士，旅力既愆，我尚有之。"是说头发花白的将士，已经丧失了体力，而我尚有力。陶诗此二句反用其意，是说年老衰弱，体力怎能不丧失呢？所以说秦穆之谈为迂阔。

⑥向夕:将近傍晚。长风:犹“强风”。没:湮没,遮盖。

⑦厉厉:同“冽冽”,形容寒冷的样子。严:重。

⑧鲜:少。矧:况且。伊:语助词,无义。

⑨屡阙:经常缺。阙,同“缺”。清酣:指酒。

⑩穷通:穷困与通达。靡:无。攸:所。憔悴:面色黄瘦。这里指衰老。由化迁:听随大自然的变迁。深怀:深刻的感怀。

⑪抚己:检点自己,回顾自身。履运:指逢年过节之时。慨然:感慨、感叹的样子。

【译文】

人生易逝悲命短,
荏苒光阴增伤感。
明晨一至非今日,
岁暮我又有何言!
脸色苍白无光泽,
花白头发更增添。
穆公之语甚迂阔,
人老岂能力不减!
薄暮之时长风起,
寒云阵阵笼西山。
北风凛冽寒气重,
众鸟纷纷疾飞还。
人生很少能长寿,
何况愁苦相纠缠!
清贫常缺杯酒饮,
无以行乐似当年。
穷困通达无所念,
衰颓憔悴任自然。
顾我本自怀深感,
逢兹换岁增悲叹。

和胡西曹示顾贼曹[1]

蕤宾五月中，清朝起南飔[2]。
不驶亦不迟[3]，飘飘吹我衣。
重云蔽白日，闲雨纷微微[4]。
流目视西园，烨烨荣紫葵[5]。
于今甚可爱，奈何[6]当复衰！
感物愿及时；每恨靡所挥[7]。
悠悠待秋稼，寥落将赊迟[8]。
逸想不可淹，猖狂独长悲[9]。

【注释】

①胡西曹、顾贼曹：胡、顾二人名字及事迹均不详。西曹、贼曹，是州从事官名。《宋书·百官志》："江州又有别驾祭酒，居僚职之上……别驾、西曹主吏及选举事……西曹，即汉之功曹书佐也。祭酒分掌诸曹兵、贼、仓、户、水、销之属。"示：给某人看。

②蕤宾：指仲夏五月。《礼记·月令》："仲夏之月……律中蕤宾。"古代以乐律的十二管同十二月之数相配合，十二管之一的蕤宾与五月相合，故称五月为蕤宾。清朝：清晨。飔：凉风。

③驶：迅捷，疾速。迟：迟缓，缓慢。

④重云：层层乌云。闲雨：指小雨。

⑤流目：犹"游目"，随意观览瞻望。烨烨：光华灿烂的样子。荣：开花。

⑥奈何：无可奈何。

⑦感物：有感于物。靡所挥：没有酒饮。挥：形容举杯而饮的动作。

⑧悠悠：长久。待秋稼：等待秋收。寥落：稀疏。赊迟：迟缓，渺茫，引申为稀少。无所获。

⑨逸想：遐想。淹：滞留，深入。猖狂：恣意放纵，这里指感情激烈。

【译文】

时当仲夏五月中，

清早微觉南风凉。
南风不缓也不疾，
飘飘吹动我衣裳。
层层乌云遮白日，
蒙蒙细雨纷纷扬。
随意赏观西园内，
紫葵花盛耀荣光。
此时此物甚可爱，
无奈不久侵枯黄！
感物行乐当及时，
常恨无酒可举筋。
耐心等待秋收获，
庄稼稀疏将空忙。
遐思冥想难抑制，
我心激荡独悲伤。

悲从弟仲德[1]

衔哀过旧宅,悲泪应心零[2]。
借问为谁悲?怀人在九冥[3]。
礼服名群从,恩爱若同生[4]。
门前执手时,何意尔先倾[5]。
在数竟未免,为山不及成[6]。
慈母沉哀疢,二胤才数龄[7]。
双位委空馆[8],朝夕无哭声。
流尘集虚坐,宿草旅前庭[9]。
阶除旷游迹,园林独余情[10]。
翳然乘化去,终天不复形[11]。
迟迟将回步,恻恻悲襟盈[12]。

【注释】

①从弟:同祖父的弟弟,即堂弟。仲德:苏写本作"敬德"。按渊明另一位从弟名"敬远",当以"敬德"为可信。其生平事迹不详。

②衔哀:满怀哀伤。衔:含。过:访,探望,这里有凭吊之意。旧宅:指柴桑仲德的旧居。应:随着。零:落下。

③怀人:所怀念的人。九冥:犹"九泉",指阴间。

④礼服:指五服亲疏关系。古代按血统的亲疏关系,把服丧的礼服分为五个等级,叫五服。群:众。从:指堂房亲属。如堂兄弟称从兄弟,堂伯叔称从伯叔。同生:同胞。

⑤执手:握手告别。何意:哪里料到。尔:你。倾:指死。

⑥在数:由于无数。数,指自然的定数。竟未免:终未免于死。为山:指建立功业。《论语·子罕》:"譬如为山,未成一篑。"(篑:盛土的筐子)。

⑦疢:内心痛苦。二胤:两个孩子。胤:子嗣,后代。

⑧双位:夫妻灵位,指仲德与其妻之灵位。委:置。

⑨流尘:指灰尘。集:聚,落满。虚坐:空座。坐,通“座”。宿草:隔年的草。《礼记·檀弓》:“朋友之墓,有宿草而不哭焉。”孔颖达疏:“宿草,陈根也,草经一年则根陈也。朋友相为哭一期,草根陈乃不哭也。”后用为悼念亡友之辞。旅:寄生。

⑩阶除:台阶。旷:空缺,荒废。游迹:行走的踪迹。指仲德而言。独:唯有。余情:遗留下来的情意。

⑪翳然:隐晦的样子,即暗暗地。乘化去:顺应自然的变化而逝去。终天:终古,永久。形:指形体。

⑫迟迟:这里形容不忍离去而行走迟缓的样子。恻恻:悲痛的样子。襟盈:满怀。襟:襟怀。盈:满。

【译文】

凭吊旧宅含悲痛,
心伤难止泪纵横。
问我如今为谁悲?
我悲之人已命终。
与我为亲堂兄弟,
恩情不减同胞生。
当年门前分手时,
谁料我先把你送。
天数命定不免死,
建功立业竟未成。
慈母哀伤心沉痛,
二子尚且是幼童。
夫妻灵位置空馆,
朝夕寂寞无哭声。
灰尘堆积在空座,
隔年杂草生前庭。
台阶荒废无踪迹,
唯有园林留遗情。

暗随自然消逝去，
终古不再见身影。
脚步沉重缓缓归，
忧伤悲痛满胸中。

始作镇军参军经曲阿作[1]

弱龄寄事外,委怀在琴书[2]。
被褐欣自得,屡空常晏如[3]。
时来苟冥会,宛辔憩通衢[4]。
投策命晨装,暂与园田疏[5]。
眇眇孤舟逝,绵绵归思纡[6]。
我行岂不遥,登降[7]千里余。
目倦川途异,心念山泽居[8]。
望云惭高鸟,临水愧游鱼[9]。
真想初在襟,谁谓形迹拘[10]?
聊且凭化迁,终返班生庐[11]。

【注释】

①始作:初就职务。曲阿:地名,在今江苏省丹阳市。

②弱龄:少年。弱:幼。寄事外:将身心寄托在世事之外,即不关心世事。委怀:寄情。

③被:同"披",穿着。褐:粗布衣。《老子》:"是以圣人,被褐怀玉。"欣自得:欣然自得。屡空:食用常常空乏,即贫困。《论语·先进》:"子曰:回也其庶乎,屡空。"是说颜回的道德学问已是差不多了,但常常食用缺乏。诗人在这里即以颜回自比。晏如:安乐的样子。

④时来:机会到来。时:时机,时运。苟:姑且,暂且。冥会:自然吻合,暗中巧合。郭噗《山海经图赞·磁石》:"磁石吸铁,琥珀取芥,气有潜通,数亦冥会。"宛:屈,放松。辔:驾驭牲口的缰绳。憩:休息。通衢:四通八达的大道。这里比喻仕途。这两句的意思是说,偶然遇上了出仕的机会,姑且顺应,暂时游迹于仕途。

⑤投策:丢下手杖。命晨装:使人早晨准备行装。疏:疏远,这里是分别的意思。

⑥眇眇:遥远的样子。绵绵:连绵不断的样子。归思:思归之情。纡:萦绕。

⑦登降:上山下山,指路途跋涉艰难。

⑧目倦:谓看得厌倦了。川途异:指途中异乡的景物。山泽居:指山水田园中的旧居。

⑨这两句是说,看到云中自由飞翔的鸟,和水中自由游玩的鱼,我内心感到惭愧。意谓一踏上仕途,便身不由己,不得自由了。

⑩真想:纯真朴素的思想。初:原本。形迹拘:为形体所拘。形迹:指形体所为。拘:拘束,约束。此句即《归去来兮辞》中所说“既自以心力行役”的反意,表示内心本不愿出仕。

⑪凭:任凭,听任。化迁:自然造化的变迁。班生庐:指仁者隐居之处。班生指东汉史学家、文学家班固,他在《幽通赋》里说“里上仁之所庐”,意谓要择仁者草庐居住。庐:房屋。

【译文】

年少寄身世事外,
我心所好在琴书。
身穿粗衣情自乐,
经常贫困心安处。
机会来临且迎合,
暂时栖身登仕途。
弃杖命人备行装,
暂别田园相离去。
孤舟遥遥渐远逝,
归思不绝绕心曲。
此番行程岂不远?
艰难跋涉千里余。
异乡风景已看倦,
一心思念园田居。
云端飞鸟水中鱼,

见之使我心惭羞。

真朴之念在胸中，

岂被行为所约束？

且顺自然任变化，

终将返回隐居庐。

庚子岁五月中从都还阻风于规林二首[1] 其一[2]

行行循归路，计日望旧居[3]。
一欣侍温颜，再喜见友于[4]。
鼓棹路崎曲，指景限西隅[5]。
江山岂不险？归子念前涂[6]。
凯风负我心，戢枻守穷湖[7]。
高莽眇无界，夏木独森疏[8]。
谁言客舟远？近瞻百里余[9]。
延目识南岭，空叹将焉如[10]！

【注释】

①规林：地名，今地不详。据诗中“识南岭”句可知距浔阳不远。

②这首诗写盼望归家的急切而又喜悦的心情，但由于被风所阻而产生惆怅之情。这两种情绪交织在一起，就更深刻地抒发出对家乡的热爱和对路途多险的担忧。

③行行：走着不停。《古诗十九首》：“行行重行行，与君生别离。”循：沿着，顺着。计日：算计着日子，即数着天数，表示急切的心情。旧居：指老家。

④一欣：首先感到欢欣的是。温颜：温和慈祥的容颜。诗人这里是指母亲。侍温颜：即侍奉母亲。友于：代指兄弟。《尚书·君陈》：“孝乎惟孝，友于兄弟。”

⑤鼓棹：划船。棹：摇船的甲具。崎曲：同“崎岖”，本指地面高低不平的样子，这里用以比喻处境困难。《史记·燕召公世家》：“燕北迫蛮貉，内措齐晋，崎岖强国之间。”指：顾。景：日光，指太阳。限西隅：悬在西边天际，指太阳即将落山。限：停止。隅：边远的地方。

⑥归子：回家的人，作者自指。念：担忧。前涂：前路，指回家的路程。

涂同“途”。

⑦凯风：南风。《尔雅·释天》：“南风谓之凯风。”负我心：违背我的心愿。戢：收藏，收敛。楪：短桨。穷：谓偏远。

⑧高莽：高深茂密的草丛。眇：通“渺”，辽远。无界：无边。独：特别，此处有挺拔的意思。森疏：繁茂扶疏。

⑨瞻：望。百里余：指离家的距离。

⑩延目：放眼远望。南岭：指庐山。诗人的家在庐山脚下。将：当。焉如：何往。

【译文】

归途漫漫行不止，
计算日头盼家园。
将奉慈母我欣欢，
还喜能见兄弟面。
摇船荡桨路艰难。
眼见夕阳落西山。
江山难道不险峻？
游子归心急似箭。
南风违背我心愿，
收起船桨困湖边。
草丛深密望无际，
夏木挺拔枝叶繁。
谁说归舟离家远？
百余里地在眼前。
纵目远眺识庐山，
空叹无奈行路难！

庚子岁五月中从都还阻风于规林二首其二[1]

自古叹行役,我今始知之[2]。
山川一何旷,巽坎难与期[3]。
崩浪聒天响,长风无息时[4]。
久游恋所生,如何淹在兹[5]。
静念园林好,人间良可辞[6]。
当年讵有几?纵心复何疑[7]!

【注释】

①这首诗慨叹行役之苦,思念美好的田园,因而决心辞却仕途的艰辛,趁着壮年及时归隐。

②行役:指因公务而在外跋涉。《诗经·魏风·涉站》:"嗟!予子行役,夙夜无已。"

③一何:多么。旷:空阔。巽坎:《周易》中的两个卦名,巽代表风,坎代表水,这里借指风浪。难与期:难以预料。与:符合。

④崩浪:滔天巨浪。聒天响:响声震天。聒:喧扰。长风:大风。

⑤游:游宦,在外做官。所生:这里指母亲和故乡。淹:滞留。兹:此,这里,指规林。

⑥人间:这里指世俗官场。良:实在。

⑦当年:正当年,指壮年。当:适逢。讵:曾,才。潘岳《悼亡诗》:"尔祭讵几时。"纵心:放纵情怀,不受约束。

【译文】

自古悲叹行役苦,
我今亲历方知之。
天地山川多广阔,

难料风浪骤然起。
滔滔巨浪震天响，
大风猛吹不停止。
游宦日久念故土，
为何滞留身在此！
默想家中园林好，
世俗官场当告辞。
人生壮年能多久？
放纵情怀不犹疑！

辛丑岁七月赴假还江陵夜行涂口[①]

闲居三十载,遂与尘事冥[②]。
诗书敦宿好,园林无世情[③]。
如何舍此去,遥遥至西荆[④]!
叩槐新秋月,临流别友生[⑤]。
凉风起将夕,夜景湛虚明[⑥]。
昭昭天宇阔,皛皛川上平[⑦]。
怀役不遑寐,中宵尚孤征[⑧]。
商歌非吾事,依依在耦耕[⑨]。
投冠旋旧墟,不为好爵萦[⑩]。
养真衡茅下,庶以善自名[⑪]。

【注释】

①赴假:犹今言“销假”,谓假满赴职。江陵:当时的荆州镇地,在今湖北省江陵县。涂口:地名,在今湖北省安陆县境内。

②三十载:诗人二十九岁开始出仕任江州祭酒,“三十载”是举其成数。尘事:指世俗之事。冥:冥漠,隔绝。

③敦:厚,这里用作动词,即加厚,增加。宿好:昔日的爱好。宿:宿昔,平素。世情:世俗之情。

④如何:为何。舍此:指放弃田园生活。西荆:逯本作“南荆”,今从《文选》改。西荆指荆州,治所在湖北江陵,因其地处京城建康(今南京市)之西,故称西荆。

⑤叩:敲,击。槐:船舷。《楚辞·九歌·湘君》:“佳耀兮兰槐。”王逸注:“槐,船旁板也。”临流:在水边。友生:朋友。《诗经·小雅·棠棣》:“虽有兄弟,不如友生?”

⑥将夕:将近傍晚。湛:澄清,清澈。虚明:空阔明亮。

⑦昭昭:光明,明亮。皛:洁白光明的样子。川上平:指江面平静。

⑧怀役:犹言服役,身负行役。不遑:不暇,没有工夫。中宵:半夜。孤征:独自远行。

⑨商歌:指自荐求官。屈原《离骚》:“三宁戚之讴歌兮,齐桓闻以该辅。”王逸注:“该,备也。宁戚修德不用,退而商贾。宿齐东门外,桓公夜出,宁戚方犯牛,叩角而商歌,桓公闻之知其贤,举用为客卿,备辅佐也。”商:声调名,音悲凉。商歌非我事:意谓像宁戚那样热心于求官,不是我所愿意做的事。依依:依恋、留恋的样子。耦耕:两人并肩而耕。这里指隐居躬耕。《论语·微子》:“长沮、桀溺耦而耕。”长沮、梁溺代指两位隐士。

⑩投冠:抛弃官帽,即弃官。旋:返回。旧墟:这里指故乡旧居。好爵:指高官厚禄。索:缠绕,束缚。

⑪养真:养性修真,保持真朴的本性。衡茅:指简陋的住房。衡:同“横”,即“横木为门”。茅:茅屋。庶:庶几,差不多,这里有希望的意思。

【译文】

在家闲居近三十年,
因与世俗互不相通。
诗书加深平素爱好,
园林没有世俗之情。
如今为何舍此而去,
路途遥远去那西荆!
叩舷面对新秋孤月,
告别友朋漂荡江中。
临近傍晚凉风微起,
夜中景象澄澈空明。
天宇空阔明亮如昼,
皎洁江面一片宁静。
身负行役无暇安睡,
夜半尚且独自远行。
追求官禄非我所好,
我心依恋田园躬耕。

弃官返回家乡旧居，
不能被那官禄系情。
安居茅舍养性修真，
愿能保我善良名声。

癸卯岁始春怀古田舍二首其一[①]

在昔闻南亩,当年竟未践[②]。
屡空既有人,春兴岂自免[③]?
夙晨装吾驾,启涂情已缅[④]。
鸟哢欢新节,冷风送余善[⑤]。
寒草被荒蹊,地为罕人远[⑥]。
是以植杖翁,悠然不复返[⑦]。
即理愧通识[⑧],所保讵乃浅。

【注释】

①这首诗写一年之始的春耕,展现了田野景象的清新宜人,抒发了诗人内心的喜悦之情。通过田园躬耕,诗人初步体验到了古代"植杖翁"隐而不仕的乐趣,并表示像颜回那样既贫穷而又不事耕稼的行为则不可效法。

②在昔:过去,往日。与下句"当年"义同。南亩:指农田。未践:没去亲自耕种过。

③屡空:食用常缺,指贫穷。既有人:指颜回。《论语·先进》:"子曰:回也其庶乎,屡空。"诗人用以自比像颜回一样贫穷。春兴:指春天开始耕种。兴:始,作。

④夙晨:早晨。夙:早。装吾驾:整理备好我的车马。这里指准备农耕的车马和用具。启涂:启程,出发。缅:遥远的样子。

⑤哢:鸟叫。冷风:小风,和风。《庄子·齐物论》:"冷风则小和。"陆德明释文:"冷风,泠泠小风也。"余善:不尽的和美之感。善:美好。《庄子·逍遥游》:"夫列子御风而行,泠然善也。"

⑥被荒蹊:覆盖着荒芜的小路。地为罕人远:所至之地因为人迹罕至而显得偏远。

⑦植杖翁:指孔子及弟子遇见的一位隐耕老人。《论语·微子》:"子路

从而后，遇丈人，以杖荷莱。子路问曰："子见夫子乎？"丈人曰："四体不勤，五谷不分，孰为夫子？"植其杖而芸。"植：同"置"，放置。杖：木杖。悠然：闲适的样子。不复返：不再回到世俗社会。

⑧即理：就这种事理，指隐而耕。通识：识见通达高明的人，这里指孔子和子路。

【译文】

往日听说南亩田，
未曾躬耕甚遗憾。
我常贫困似颜回，
春耕岂能袖手观？
早晨备好卧车马，
上路我情已驰远。
新春时节鸟欢鸣，
和风不尽送亲善。
荒芜小路覆寒草，
人迹罕至地偏远。
所以古时植杖翁，
悠然躬耕不思迁。
此理愧对通达者，
所保名节岂太浅？

癸卯岁始春怀古田舍二首其二[①]

先师有遗训，忧道不忧贫[②]。
瞻望逸难逮，转欲志长勤[③]。
秉耒欢时务，解颜劝农人[④]。
平畴交远风，良苗亦怀新[⑤]。
虽未量岁功，即事多所欣[⑥]。
耕种有时息，行者无问津[⑦]。
日入相与归，壶浆劳近邻[⑧]。
长吟掩柴门，聊为陇亩民[⑨]。

【注释】

①这首诗认为像孔子那样“忧道不忧贫”未免高不可攀，难以企及，不如效法长沮、桀溺洁身守节，隐居力耕。诗中对田园风光和田园生活的描写，十分生动传神，充满浓郁的情趣。

②先师：对孔子的尊称。遗训：遗留的教导。忧道不忧贫：君子担忧的是道不能行，而不担心自己的贫困。道：指治世之道。此句语出《论语·卫灵公》：“子曰：君子谋道不谋食。耕也，馁在其中矣；学也，禄在其中矣。君子忧道不忧贫。”

③瞻望：仰望。逸难逮：高远而难以达到。逸：远。逮：企及。志：立志于。长勤：长期勤苦，指耕作。

④秉：持。耒：古代称犁上的木把。这里代指农具。时务：按时节应做的农务。解颜：笑颜。劝：劝勉，勉励。

⑤平畴：平坦的田野。怀新：含有新的生机。

⑥量岁功：估量一年的收成。即事多所欣：谓做农活本身就令人欢欣。

⑦行者无问津：没有过路之人寻问渡口在哪里。典出《论语·微子》：“长沮、桀溺耦而耕，孔子过之，使子路问津焉。”诗人在这里是以古代隐士长沮、桀溺自比。津：渡口。

⑧日入：太阳落山。相与：相伴，一道，指与农夫。壶浆：指酒。劳：慰劳。

⑨聊：姑且。陇亩民：田野之人，即农夫。

【译文】

先师孔子留遗训：
"君子忧道不忧贫"。
仰慕高论难企及，
转思立志长耕耘。
农忙时节心欢喜，
笑颜劝勉农耕人。
远风习习来平野，
秀苗茁壮日日新。
一年收成未估量，
劳作已使我开心。
耕种之余有歇息，
没有行人来问津。
日落之时相伴归，
取酒慰劳左右邻。
掩闭柴门自吟诗，
姑且躬耕做农民。

癸卯岁十二月中作与从弟敬远

寝迹衡门下,逸与世相绝①。
顾盼莫谁知,荆扉昼常闭②。
凄凄岁暮风,翳翳经日雪③。
倾耳无希声④,在目皓已洁。
劲气侵襟袖,箪瓢谢屡设⑤。
萧索空宇中,了无一可悦⑥。
历览千载书,时时见遗烈⑦。
高操非所攀,谬得固穷节⑧。
平津苟不由,栖迟讵为拙⑨?
寄意一言外,兹契谁能别⑩!

【注释】

①寝迹:埋没行踪,指隐居。衡门:横木为门,指简陋的居室。逸:远。世:指世俗,官场。绝:断绝往来。

②顾盼:犹言看顾、眷顾。莫:无,没有。荆扉:用荆条编成的柴门。

③翳翳:阴暗的样子。经日雪:下了一整天的雪。

④倾耳:侧耳细听的样子。无希声:没有一点声音。《老子》:“听之不闻名曰希。”河上公注:“无声曰希。”

⑤劲气:猛烈的寒气。箪瓢:即箪食瓢饮。箪:竹编的盛饭容器。瓢:剖开葫芦做成的舀水器。《论语·雍也》:“子曰:贤哉。回也!一箪食,一瓢饮,在陋巷,人不堪其忧,回也不改其乐。”回,指孔子学生颜回。谢:辞绝。屡:经常。设:陈设。箪瓢谢屡设:意思是说,像颜回那样一箪食、一瓢饮的日子也很难得,我箪瓢常空,无食可陈于面前。

⑥萧索:萧条,冷落。空宇:空荡荡的房屋,形容一无所有。了无:一点也没有。可悦:可以使人高兴的事情。

⑦遗烈:指古代正直、刚毅、有高尚节操的贤士。

⑧谬：误，谦辞。固穷节：固守穷困的气节。《论语·卫灵公》："子曰：君子固穷，小人穷斯滥矣。"

⑨ 平津：平坦的大道，喻仕途。津：本义为渡口，这里指道路。苟：如果。由：沿着，遵循。栖迟：游息，指隐居。《诗经·陈风·衡门》："衡门之下，可以栖迟。"讵：岂。

⑩契：契合，指志同道合。别：识别。

【译文】

隐居茅舍掩踪迹，
远与世俗相隔绝。
无人知晓来眷顾，
白日柴门常关闭。
岁暮寒风正凄冷，
阴沉整日天降雪。
侧耳细听无声响，
放眼户外已皓洁。
寒气猛烈侵襟袖，
无食箪瓢常空设。
萧条冷落空室内，
竟无一事可欢悦。
千年古书皆历览，
常常读见古义烈。
高尚操行不敢攀，
仅能守穷为气节。
平坦仕途若不走，
隐居躬耕岂算拙？
我寄深意在言外，
志趣相合准识别！

乙巳岁三月为建威参军使都经钱溪

我不践斯境,岁月好已积[①]。
晨夕看山川,事事悉如昔[②]。
微雨洗高林,清飙矫云翮[③]。
眷彼品物存,义风都未隔[④]。
伊余何为者,勉励从兹役[⑤]?
一形似有制,素襟不可易[⑥]。
园田日梦想,安得久离析[⑦]?
终怀在归舟,谅哉宜霜柏[⑧]。

【注释】

①践:踏,经由。斯境:这个地方。好:甚。已积:已经很久。积:多。

②悉:都。如昔:如同昔日。

③飙:疾风,暴风。矫:举起。这里指高飞。云翮:云中的鸟儿。翮:鸟的翅膀,这里代指鸟。

④眷:眷顾,顾念。品物:指景物。义风:适宜的风,犹“和风”。未隔:无所阻隔,谓风雨适时,万物并茂,无所阻隔。

⑤伊:语助词,无意义。何为:为何,为什么。勉励:这里有勤苦努力的意思。兹役:这种差事。

⑥一形:一身,诗人自指。形:身体。制:限制,约束。素襟:平素的志向。襟:胸襟。易:改变。

⑦日:每天。离析:分开。

⑧归舟:逯本作“鑾舟”,今从诸本改。谅:诚。霜柏:霜中的松柏,比喻坚贞的品行、节操。

【译文】

未再踏上这片地,
岁月很长时难记。

早晨傍晚看山川，
事事没变如往昔。
微雨洗尘林木爽，
疾风吹鸟更高飞。
顾念山川万物茂，
风雨适时不相违。
我今不知是为何，
勤苦从事这差役？
身体好似受拘束，
怀抱志向不可移。
日日梦想回田园，
哪能如此久分离？
最终仍将归故里，
霜中松柏自挺立。

还旧居

畴昔家上京,六载去还归①。
今日始复来,恻怆多所悲②。
阡陌不移旧,邑屋或时非③。
履历周故居,邻老罕复遗④。
步步寻往迹,有处特依依⑤。
流幻百年中,寒暑日相推⑥。
常恐大化尽,气力不及衰⑦。
拨置且莫念,一觞聊可挥⑧。

【注释】

①畴昔:往昔,从前。畴:语助词,无义。时间约为义熙元年,诗人由彭泽归田那一年,从旧居柴桑迁往上京居住。上京:地名,当距柴桑旧居不远。六载:即诗人在上京居住的时间。去还归:谓常来常往。指经常回柴桑探望。

②今日:指写此诗的时间。始复来:诗人由上京迁居南村后,已多年未回柴桑旧居,所以称这次返回为"始复来"。恻怆:凄伤悲痛。

③阡陌:田间小路,这里指农田。不移旧:没有改变原先的样子。邑屋:村庄房舍。或时非:有的与从前不同。

④履历:所经过之处。周:全,遍。邻老:邻居家的老人。罕复遗:很少有还活着的。

⑤往迹:过去的踪迹。有处:有些地方。依依:依恋不舍的样子。

⑥流幻:流动变幻,指人生漂流动荡,踪迹不定。百年中:即指人的一生。寒暑日相推:寒来暑往,日月相互交替,形容岁月流逝得很快。

⑦大化尽:指生命结束。大化:原指人生的变化,《列子·天瑞》:"人自生至终,大化有四:婴孩也,少壮也,老耄也,死亡也。"后遂以"大化"作为生命的代称。气力:指体力。不及:不待。衰:衰竭。古人以五十岁为入衰之

年。《礼记·王制》:“五十始衰。”诗人此时已五十余岁。这两句是说,我常担心死亡到来,还没等我体力完全衰竭。

⑧拨置:犹弃置,放在一边。挥:一饮而尽的动作。

【译文】

从前家在上京时,
六载之间常来归。
时隔多年今再来,
凄凉哀痛多伤悲。
田地未改旧模样,
村舍时有面目非。
故居四周走访遍,
邻里老人少存遗。
漫步寻觅旧踪迹,
不时使我情恋依。
人生漂荡多变幻,
寒来暑往岁月催。
常恐生命忽终止,
身体气力未尽衰。
抛开此事莫再想,
姑且饮酒干此杯。

戊申岁六月中遇火

草庐寄穷巷，甘以辞华轩①。
正当长风急，林室顿烧燔②。
一宅无遗宇，舫舟荫门前③。
迢迢新秋夕，亭亭月将圆④。
果菜始复生，惊鸟尚未还⑤。
中宵伫遥念，一盼周九天⑥。
总发抱孤介，奄出四十年⑦。
形迹凭化往，灵府长独闲⑧。
贞刚自有质，玉石乃非坚⑨。
仰想东户时，余粮宿中田⑩。
鼓腹无所思⑪；朝起暮归眠。
既已不遇兹，且遂灌我园⑫。

【注释】

①寄：寄托，依附。甘：自愿。辞：拒绝，告别。华轩：指富贵者乘坐的车子。轩：古代一种供大夫以上乘坐的轻便车，"华轩"在这里是代指仕途之功名富贵。

②当：时当，恰在。长风：大风。林室：林木和住宅。从此诗"果菜始复生"句可知，大火不仅焚毁了房屋，连同周围的林园也一并遭灾。顿：顿时，立刻。燔：烧。

③宇：屋檐，引申为受覆庇、遮盖处。舫：船。荫门前：谓遮阴于门前。林室皆焚毁，只有门前的舫舟内尚有遮阴处。

④迢迢：遥远的样子。这里形容秋夕景象的空阔辽远。新秋夕：初秋的傍晚。亭亭：高貌。曹丕《杂诗》："西北有浮云，亭亭如车盖。"

⑤始复生：开始重新生长。惊鸟：被火惊飞的鸟。

⑥中宵：半夜。伫：长时间地站立。遥念：想得很远。盼：看。周：遍，遍

及。九天:这里指整个天地。

⑦总发:即“总角”,称童年时代。古时儿童束发于头顶。陶渊明《荣木》诗序:“总角闻道,白首无成。”孤介:谓操守谨严,不肯同流合污。奄:忽,很快地。出:超出。

⑧形迹:身体,指生命。凭:任凭。化:造化,自然。往:指变化。灵府:指心。《庄子·德充符》:“不可入于灵府。”成玄英疏:“灵府者,精神之宅也,所谓心也。”

⑨贞刚:坚贞刚直。自:本来。质:品质、品性。乃:却。这两句是说,我的品质坚贞刚直,比玉石都更坚贞。

⑩仰想:遥想。东户:东户季子,传说中上古太平时代的君主。《淮南子·缪称训》:“昔东户季子之世,道路不拾遗,耒耜余粮宿诸田首。”宿:存放。中田:即田中。

⑪鼓腹:饱食。《庄子·马蹄》:“夫赫胥氏之时,民居而不知所为,行不知所之,含哺而熙,鼓腹而游。”无所思:无忧无虑。

⑫此指东户时代。遂:就。灌我园:浇灌我的田园。这里指隐居躬耕。

【译文】

茅屋盖在僻巷边,
远避仕途心甘愿。
当夏长风骤然起,
林园宅室烈火燃。
房屋焚尽无住处,
船内遮阴在门前。
初秋傍晚景远阔,
高高明月又将圆。
果菜开始重新长,
惊飞之鸟尚未还。
夜半久立独沉思,
一眼遍观四周天。
年少守操即谨严,

转眼已逾四十年。
生命托付与造化，
内心恬淡长安闲。
我性坚贞且刚直，
玉石虽坚逊色远。
遥想东户季子世，
余粮存放在田间。
饱食终日无忧虑，
日出而作日入眠。
既然我未逢盛世，
姑且隐居浇菜园。

己酉岁九月九日

靡靡秋已夕，凄凄风露交①。
蔓草②不复荣，园木空自调。
清气澄余滓，杳然天界高③。
哀蝉无留响，丛雁④鸣云霄。
万化相寻绎，人生岂不劳⑤！
从古皆有没，念之中心焦⑥。
何以称我情？浊酒且自陶⑦。
千载非所知，聊以永⑧今朝。

【注释】

①靡靡：零落的样子。陆机《叹逝赋》："亲落落而日稀，友靡靡而愈索。"已夕：已晚。凄凄：寒冷的样子。交：交互，交加。

②蔓草：蔓生的草。蔓：细长不能直立的茎，木本曰藤，草本曰蔓。

③余滓：残余的渣滓，指尘埃。杳然：深远的样子。

④丛雁：犹群雁。丛：聚集。

⑤万化：万物，指宇宙自然。寻绎：原指反复推求，这里是推移、更替的意思。劳：劳苦。

⑥没：指死亡。焦：焦虑。

⑦称：适合。陶：喜，欢乐。

⑧永：延长。《诗经·小雅·白驹》："絷之维之，以永今朝。"

【译文】

衰颓零落秋已晚，
寒露凄风相缭绕。
蔓草稀疏渐枯萎，
园中林木空自调。
清澄空气无尘埃，

天宇茫茫愈显高。
悲切蝉鸣已绝响，
成行大雁啼云霄。
万物更替常变化，
人生怎能不辛劳！
自古有生即有死，
念此心中似煎熬。
如何方可舒心意？
饮酒自能乐陶陶。
千年之事无需知，
姑且行乐尽今朝。

庚戌岁九月中于西田[1]获早稻

人生归有道,衣食固其端[2]。
孰是都不营[3],而以求自安?
开春理常业,岁功聊可观[4]。
晨出肆微勤,日入负耒还[5]。
山中饶霜露,风气亦先寒[6]。
田家岂不苦?弗获辞此难[7]。
四体诚乃疲,庶无异患干[8]。
盥濯息檐下,斗酒散襟颜[9]。
遥遥沮溺心,千载乃相关[10]。
但愿长如此,躬耕非所叹[11]。

【注释】

①西田:指住宅西边的田地。

②归:归依。道:指常理。固:本来。端:头,首要。

③孰:谁。是:这,指衣食。营:经营,操持。

④常业:日常事务,指农事。岁功:一年的收成。

⑤肆:从事,操作。微勤:轻微的劳作。负耒:扛着农具。

⑥饶:多。风气:指气候。

⑦弗获:不能,不得。辞:推辞,摆脱。此难:这种艰难辛苦的劳动。

⑧四体:四肢,代指身体。庶:幸,希冀之词。异患:意外的祸患。这里指仕途风险。干:相犯,侵扰。

⑨盥濯:洗涤。盥指洗手,濯指洗脚。散:放开。襟颜:心胸和容颜。

⑩沮溺:长沮、桀溺。心:指隐耕之志。乃:竟。相关:相合,相通。

⑪叹:指因遗憾而叹息。

【译文】

人生归依有常理，
衣食本自居首端。
谁能弃此不经营，
便可求得自身安？
初春开始操农务，
一年收成尚可观。
清晨下地去干活，
日落扛犁把家还。
居住山中多霜露，
季节未到已先寒。
农民劳作岂不苦？
不可推脱此艰难。
身体确实很疲倦，
幸得不会惹祸患。
洗涤歇息房檐下，
饮酒开心带笑颜。
长沮桀溺隐耕志，
千年之下与我伴。
但愿能得长如此，
躬耕田亩无怨叹。

丙辰岁八月中于下潠田舍获[①]

贫居依稼穑，戮力东林隈[②]。
不言春作苦，常恐负所怀[③]。
司田眷有秋，寄声与我谐[④]。
饥者欢初饱，束带候鸣鸡[⑤]。
扬楫越平湖，泛随清壑回[⑥]。
郁郁荒山里，猿声闲且哀[⑦]。
悲风爱静夜，林鸟喜晨开[⑧]。
曰余作此来，三四星火颓[⑨]。
姿年逝已老，其事未云乖[⑩]。
遥谢荷锄翁，聊得从君栖[⑪]。

【注释】

①下潠：地势低洼多水的地带，即诗中所说的“东林隈”。田舍：指田间简易的茅舍，可供临时休息、避雨之用。获：收获。

②依：依靠。稼穑：指农业劳动。稼：耕种。穑：收获。戮力：尽力。东林隈：指下潠田所在的地方。隈：山水等弯曲的地方；角落。

③春作：春耕。负所怀：违背自己的愿望。

④司田：管农事的官，即田官。眷：顾念，关注。有秋：指秋收，收获。《尚书・盘庚》：“若农服田力穑，乃亦有秋。”寄声：托人带口信。与我谐：同我的想法相一致。谐：和谐。

⑤饥者：渊明自称。初饱：刚刚能够吃上顿饱饭。这两句是说，经常挨饿的我，为吃了顿饱饭而非常高兴，早早起身束好衣带，等候天亮去秋收。

⑥扬楫：举桨，即划船。泛：浮行，指泛舟。清壑：清澈的山间溪流。壑：山沟。

⑦郁郁：逯本作“嚼嚼”，今从诸本改。郁郁，形容草木茂盛的样子。闲且哀：悠缓而凄凉。

⑧悲风：指凄厉的秋风。爱静夜：谓好在静夜中呼啸。晨开：指天明。

⑨曰：语助词，无意义。此：指农业劳动。三四星火颓：指经历了十二年。三四：即十二。星火：即火星。颓：下倾。每当夏历七月以后，火星的位置开始向西下倾。下倾十二次，即经历了十二年。

⑩姿年：风姿年华，指青壮年。事：指农耕之事。云：语助词，无意义。乖：违背，违弃。

⑪聊：姑且。栖：居住，指隐居。

【译文】

贫居糊口靠农务，
尽力勤耕东林边。
春种苦辛不必讲，
常恐辜负我心愿。
田官关注秋收获，
传语同我意相连。
长期挨饿喜一饱，
早起整装待下田。
划动船桨渡平湖，
山间清溪泛舟还。
草木茂盛荒山里，
猿啼悠缓声哀怨。
悲凉秋风夜呼啸，
清晨林间鸟唱欢。
我自归田务农来，
至今7已整十二年。
华年已逝人渐老，
依旧耕耘在田间。
遥遥致意荷锄翁，
姑且隐居为君伴。

饮酒二十首并序

余闲居寡欢，兼比夜已长[①]，偶有名酒，无夕不饮。顾影[②]独尽，忽焉[③]复醉。既醉之后，辄[④]题数句自娱。纸墨遂多，辞无诠次[⑤]。聊命故人书之[⑥]，以为欢笑尔[⑦]。

其　一[⑧]

衰荣无定在，彼此更共之[⑨]。
邵生瓜田中，宁似东陵时[⑩]！
寒暑有代谢，人道每如兹[⑪]。
达人解其会，逝将不复疑[⑫]。
忽与一觞酒，日夕欢相持[⑬]。

【注释】

①兼：加之，并且。比：近来。夜已长：秋冬之季，逐渐昼短夜长，到冬至达最大限度。

②顾影：看着自己的身影。

③忽焉：很快地。

④辄：就，总是。

⑤诠次：选择和编次。

⑥聊：姑且。故人：老朋友。书：抄写。

⑦尔："而已"的合音，罢了。

⑧这首诗从自然变化的盛衰更替，而联想到人生的福祸无常，正因为领悟了这个道理，所以要隐遁以远害，饮酒以自乐。

⑨衰荣：这里是用植物的衰败与繁荣来比喻人生的衰与盛、祸与福。无定在：没有定数，变化不定。更：更替，交替。共之：都是如此。

⑩邵生：邵平，秦时为东陵侯，秦亡后为平民，因家贫而种瓜于长安城

东，前后处境截然不同。（见《史记·萧相国世家》）这两句是说，邵平在瓜田中种瓜时，哪里还像做东陵侯时那般荣耀。

⑪代谢：更替变化。人道：人生的道理或规律。每：每每，即常常。兹：此。

⑫达人：通达事理的人；达观的人。会：指理之所在。《周易·系辞》："圣人有以见天下之动，而观其会通。"朱熹《本义》："会谓理之所聚。"逝：离去，指隐居独处。

⑬忽：尽快。觞：指酒杯。持：拿着。

【译文】

我闲居之时很少欢乐，加之近来夜已渐长，偶尔得到名酒，无夜不饮。对着自己的身影独自干杯，很快就醉了。醉了之后，总要写几句诗自乐。诗稿于是渐多，但未经选择和编次。姑且请友人抄写出来，以供自我取乐罢了。

衰败繁荣无定数，
交相更替变不休。
邵平晚岁穷种瓜，
哪似当年东陵侯！
暑往寒来有代谢，
人生与此正相符。
通达之士悟其理，
隐遁山林逍遥游。
快快来他一杯酒，
日夕畅饮消百忧。

其　二[①]

积善云有报，夷叔在西山[②]。

善恶苟不应，何事空立言[③]？

九十行带索，饥寒况当年[④]。

不赖固穷节[⑤]，百世当谁传？

【注释】

①这首诗通过对善恶报应之说的否定，揭示了善恶不分的社会现实，并决心固穷守节，流芳百世。深婉曲折的诗意之中，透露着诗人愤激不平的情绪。

②云有报：说是有报应，指善报。夷叔：伯夷、叔齐，商朝孤竹君的两个儿子。孤竹君死后，兄弟二人因都不肯继位为君而一起出逃。周灭商后，二人耻食周粟，隐于首阳山，采薇（指野菜）而食，最后饿死。西山：即首阳山。

③苟：如果。何事：为什么。立言：树立格言。《史记·伯夷列传》："或曰：'天道无亲，常与善人。'若伯夷叔齐，可谓善人者非耶？积仁絜行如此而饿死。"

④九十行带索：《列子·天瑞》说隐士荣启期家贫，行年九十，以绳索为衣带，鼓瑟而歌，能安贫自乐。况：甚，更加。当年：指壮年。

⑤固穷节：固守穷困的节操。《论语·卫灵公》："子曰：君子固穷，小人穷斯滥矣。"

【译文】

据说积善有善报，

夷叔饿死在西山。

善恶如果不报应，

为何还要立空言？

荣公九十绳为带，

饥寒更甚于壮年。

不靠固穷守高节，

声名百世怎流传?

其 三[①]

道丧向千载,人人惜其情[②]。
有酒不肯饮,但顾世间名[③]。
所以贵我身,岂不在一生[④]?
一生复能几?倏如流电惊[⑤]。
鼎鼎百年内,持此欲何成[⑥]?

【注释】

①这首诗通过对那种只顾自身而追逐名利之人的否定。表明了诗人达观而逍遥自在的人生态度。

②道丧:道德沦丧。道指做人的道理。向:将近。惜其情:吝惜自己的感情,即只顾个人私欲。

③世间名:指世俗间的虚名。

④这两句是说,所以重视自身,难道不是在一生之内?言外之意是说,自苦其身而追求身后的空名又有何用!

⑤复能几:又能有多久。几:几何,几多时。倏:迅速,极快。

⑥鼎鼎:扰扰攘攘的样子,形容为名利而奔走忙碌之态。此:指"世间名"。

【译文】

道德沦丧近千载,
人人自私吝其情。
有酒居然不肯饮,
只顾世俗虚浮名。
所以珍贵我自身,
难道不是为此生?
一生又能有多久?
快似闪电令心惊。

忙碌一生为名利。

如此怎能有所成?

其　四[①]

栖栖[②]失群鸟,日暮犹独飞。

徘徊无定止[③],夜夜声转悲。

厉响思清远,去来何依依[④]。

因值孤生松,敛翮遥来归[⑤]。

劲风[⑥]无荣木,此荫独不衰。

托身已得所,千载不相违[⑦]。

【注释】

①这首诗通篇比喻,以失群之孤鸟自喻,前六句写迷途徘徊,后六句写归来托身;又以“孤生松”喻归隐之所,表现出诗人坚定的归隐之志和高洁的人格情操。

②栖栖:心神不安的样子。

③定止:固定的栖息处。止:居留。

④此二句焦本、逯本作“厉响思清晨,远去何所依”,今从李本、曾本、苏写本、和陶本改。厉响:谓鸣声激越。依依:依恋不舍的样子。

⑤值:遇。敛翮:收起翅膀,即停飞。

⑥劲风:指强劲的寒风。

⑦已:既。违:违弃,分离。

【译文】

栖遑焦虑失群鸟,

日暮依然独自飞。

徘徊犹豫无定巢,

夜夜哀鸣声渐悲。

长鸣思慕清远境,

飞去飞来情恋依。

因遇孤独一青松，
收起翅膀来依归。
寒风强劲树木凋，
繁茂青松独不衰。
既然得此寄身处，
永远相依不违弃。

其　五①

结庐在人境，而无车马喧②。
问君何能尔？心远地自偏③。
采菊东篱下，悠然见南山④。
山气日夕佳，飞鸟相与还⑤。
此中有真意，欲辨已忘言⑥。

【注释】

①这首诗写在和谐宁静的环境中，诗人悠然自得的隐居生活。诗人在平静的心境中，体悟着自然的乐趣和人生的真谛。这一切给诗人的精神带来极大的快慰与满足。

②结庐：建造住宅，这里指寄居。人境：人间，世上。车马喧：车马往来的喧闹声，指世俗交往。

③尔：如此，这样。心远地自偏：意思是说，只要内心清静，远远超脱于世俗，因而虽居喧闹之地，也就像住在偏僻之处一样。

④悠然：闲适自得的样子。南山：指庐山。

⑤山气：山间雾气。日夕：近黄昏之时。相与还：结伴而归。

⑥此中：逯本从《文选》作“此还”，今从李本、焦本、苏写本改。真意：纯真自然之意。《庄子·渔父》：“真者，所以受于天也，自然不可易也。故圣人法天贵真，不拘于俗。”辨：辨析，玩味。《庄子·齐物论》：“辩也者，有不辩也，大辩不言。”忘言：《庄子·外物》：“言者所以在意也，得意而忘言。”这两句意思是说，从大自然得到启发，领悟到人生的真谛，但这是无法用言语表

达，也无须用言语表达的。

【译文】

住宅盖在人世间，
清静却无车马喧。
问我为何能如此？
心超世外地显偏。
自顾采菊东篱下，
悠然无意见南山。
山间雾气夕阳好，
飞鸟结伴把巢还。
此中当自有真意，
我欲辨之已忘言。

其　六[①]

行止千万端[②]，谁知非与是？
是非苟相形，雷同共誉毁[③]。
三季多此事，达士似不尔[④]。
咄咄俗中愚，且当从黄绮[⑤]。

【注释】

①诗人在这首诗中，以愤怒的口吻斥责了是非不分、善恶不辨的黑暗现实，并决心追随商山四皓，隐居世外。

②行止：行为举止。端：种，类。

③苟：如果。相形：互相比较。雷同：人云亦云，相同。《礼记曲礼上》：“毋剿说，毋雷同。”郑玄注：“雷之发声，物无不同时应者，人之言当各由己，不当然也。”《楚辞·九辩》：“世雷同而炫曜兮，何毁誉之昧昧！”誉毁：诋毁与称誉。

④三季：指夏商周三代的末期。达士：贤达之人。尔：那样。

⑤咄咄：惊怪声。俗中愚：世俗中的愚蠢者。黄绮：夏黄公与绮里，代指

"商山四皓"。

【译文】

行为举止千万种，
谁是谁非无人晓。
是非如果相比较，
毁誉皆同坏与好。
夏商周未多此事，
贤士不曾随风倒。
世俗愚者莫惊叹，
且隐商山随四皓。

其　七[①]

秋菊有佳色，裛露掇其英[②]。
泛此忘忧物，远我遗世情[③]。
一觞虽独进，杯尽壶自倾[④]。
日入群动息，归鸟趋林鸣[⑤]。
啸傲东轩下，聊复得此生[⑥]。

【注释】

①这首诗主要写赏菊与饮酒，诗人完全沉醉其中，忘却了尘世，摆脱了忧愁，逍遥闲适，自得其乐。

②裛：通"浥"，沾湿。掇：采摘。英：花。

③泛：浮，意即以菊花泡酒中。此：指菊花。忘忧物：指酒。《文选》卷三十李善注"泛此忘忧物"说："《毛诗》曰：'微我无酒，以遨以游。'毛苌曰：'非我无酒，可以忘忧也。'潘岳《秋菊赋》曰：'泛流英于清醴，似浮萍之随波。'"远：这里作动词，使远。遗世情：遗弃世俗的情怀，即隐居。

④ 壶自倾：谓由酒壶中再往杯中注酒。

⑤ 群动：各类活动的生物。息：歇息，止息。趋：归向。

⑥ 啸傲：谓言动自在，无拘无束。轩：窗。得此生：指得到人生之真意，

即悠闲适意的生活。

【译文】

秋菊花盛正鲜艳,
含露润泽采花英。
菊泡酒中味更美,
避俗之情更深浓。
一挥而尽杯中酒,
再执酒壶注杯中。
日落众生皆息止,
归鸟向林欢快鸣。
纵情欢歌东窗下,
姑且逍遥度此生。

其　八[①]

青松在东园,众草没[②]其姿。
凝霜殄异类,卓然见高枝[③]。
连林人不觉,独树众乃奇[④]。
提壶挂寒柯,远望时复为[⑤]。
吾生梦幻间,何事绁尘羁[⑥]!

【注释】

①这首诗诗人以孤松自喻,表达自己不畏严霜的坚贞品质和不为流俗所染的高尚节操。诗末所表现的消极情绪中,带有愤世嫉俗之意。

②没:淹没。

③凝霜:犹严霜。殄:灭绝,绝尽。异类:指除松以外的其他草木。卓然:高高挺立的样子。见:同"现",显露。

④连林:树木相连成林。众乃奇:大家才感到惊奇。乃:才。

⑤壶:指酒壶。挂:逯本作"抚",今据李本、焦本、和陶本改。柯:树枝。远望时复为:即"时复为远望"的倒装句,意思是还时时向远处眺望。

⑥何事:为什么。绁:拴,捆绑。尘羁:尘世的羁绊,犹言“尘网”。

【译文】

青松生长在东园,
众草杂树掩其姿。
严霜催凋众草树,
孤松挺立扬高枝。
木连成林人不觉,
后凋独秀众惊奇。
酒壶挂在寒树枝,
时时远眺心神怡。
人生如梦恍惚间,
何必束缚在尘世!

其　九[①]

清晨闻叩门,倒裳[②]往自开。
问子为谁欤?田父有好怀[③]。
壶浆远见候,疑我与时乖[④]。
“一缕茅檐下,未足为高栖[⑤]。
一世皆尚同,愿君汨其泥[⑥]。”
“深感父老言,禀气寡所谐[⑦]。
纡辔诚可学,违己讵非迷[⑧]。
且共欢此饮,吾驾不可回[⑨]。”

【注释】

①这首诗以对话的方式,表现出诗人不愿违背自己的初衷而随世浮沉,并再一次决心保持高洁的志向,隐逸避世,远离尘俗,态度十分坚决。

②倒裳:颠倒衣裳,形容匆忙中来不及穿好衣服。语出《诗经·齐风·东方未明》:“东方未明,颠倒衣裳。”

③子:古代对男子的尊称。欤:疑问助词。田父:年老的农民。好怀:好

的情意。

④浆:指酒。远见候:谓远道而来,给予问候。疑:怪。乖:违背,不合。

⑤一缕:衣服破烂的样子。高栖:居住的雅称。这两句是说,穿着破烂的衣服,住在茅草屋中,这样的地方不值得您这样高雅出众的人居住。

⑥一世:举世,整个社会。尚同:以与世俗同流为贵。同:指同流合污,盲从附和。《论语·子路》:"子曰:君子和而不同,小人同而不和。"汩其泥:谓同流合污,随同流俗。汩:同"淈",搅水使浊。《楚辞·渔父》:"屈原曰:'举世皆浊而我独清,众人皆醉而我独醒,是以见放。'渔父曰:'夫圣人者不凝滞于物,而能与世推移。'举世皆知,何不淈其泥而扬其波?"是说可与世人同浊,不必独清。渊明意本此。以上四句是田父劝说之语。以下是诗人的回答。

⑦禀气:禀性,天生的气质。谐:合。

⑧纡辔:放松马缰缓行。纡:曲,引申为放松。纡辔缓行,喻作官,即《始作镇军参军经曲阿作》中"宛辔憩通衢"之意。违己:违背自己的初衷,指归隐躬耕。讵:岂。迷:迷惑,糊涂。

⑨驾:车,喻志向。回:逆转而行。

【译文】

清早就听敲门声,
不及整衣去开门。
请问来者是何人?
善良老农怀好心。
携酒远道来问候,
怪我与世相离分。
"破衣烂衫茅屋下,
不值先生寄贵身。
举世同流以为贵,
愿君随俗莫认真。"
"深深感谢父老言,
无奈天生不合群。

仕途做官诚可学,
违背初衷是迷心。
姑且一同欢饮酒,
决不返车往回奔!”

其　十[①]

在昔曾远游,直至东海隅[②]。
道路迥且长,风波阻中涂[③]。
此行谁使然?似为饥所驱[④]。
倾身营一饱,少许便有余[⑤]。
恐此非名计,息驾归闲居[⑥]。

【注释】

①这首诗回忆以往曾因生计所迫而涉足仕途,经历了风波艰辛之后,诗人感到自己既不力求功名富贵,而如此劳心疲力,倒不如归隐闲居以保纯洁的节操。

②远游:指宦游于远地。东海隅:东海附近。这里当指曲阿,在今江苏省丹阳县。陶渊明曾于四十岁时(晋安帝元兴三年)任镇军将军刘裕的参军,赴任途中写有《始作镇军参军经曲阿作》诗。

③迥:远。风波阻中涂:因遇风浪而被阻于中途。涂:同“途”。陶渊明三十六岁时(晋安帝隆安四年),曾奉桓玄之命由江陵使都,返回途中遇大风被阻,写有《庚子岁五月中从都还阻风于规林二首》诗。

④然:如此,这样。为饥所驱:被饥饿所驱使。作者在《归去来兮辞》序中说:“余家贫,耕植不足以自给……尝从人事,皆口腹自役。”

⑤倾身:竭尽全身力气;全力以赴。营:谋求。少许:一点点。

⑥非名计:不是求取名誉的良策。息驾:停止车驾,指弃官。

【译文】

往昔出仕远行役,
直到遥遥东海边。

道路漫长无尽头，
途中风浪时阻拦。
谁使我来作远游？
似为饥饿所驱遣。
竭尽全力谋一饱，
稍有即足用不完。
恐怕此行毁名誉，
弃官归隐心悠闲。

其十一[①]

颜生称为仁，荣公言有道[②]。
屡空不获年，长饥至于老[③]。
虽留身后名，一生亦枯槁[④]。
死去何所知？称心固为好[⑤]。
客养千金躯，临化消其宝[⑥]。
裸葬何足恶？人当解意表[⑦]。

【注释】

①这首诗通过对人生的思考，表达了诗人的人生观与处世态度。诗人认为，那种为追求身后的名声而固穷守节、苦己身心的行为是不值得的；同样，那种为希望能得长寿而认真保养贵体的行为也是不值得的。人死之后，不但贵体消亡，而且神魂灭寂，一无所知。所以诗人主张人生当称心如意、逍遥自在，不必有所顾忌，亦不必有所追求。

②颜生：即颜回，字子渊，春秋时鲁国人，是孔子最得意的弟子。称为仁：被称为仁者；以仁德而著称。《论语·雍也》："子曰：回也，其心三月不违仁。"《孔子家语》："回之德行著名，孔子称其仁焉。"荣公：即荣启期，春秋时隐士。有道：指荣启期能安贫自乐。《列子·天瑞》："孔子问（荣启期）曰：'先生所以乐，何也？'对曰：'吾乐甚多：天生万物，唯人为贵，吾得为人，一乐也；男女之别，男尊女卑，故男为贵，吾得为男矣，是二乐也；人生有不见日月，不免襁褓者，吾既已行年九十

矣,是三乐也。贫者,士之常也;死者,人之终也。处常得终,当何优哉!'"

③屡空:指颜回生活贫困,食用经常空乏。《论语·先进》:"子曰:回也其庶乎?屡空。"不获年:不得长寿。指颜回短命早死。《论语·雍也》:"哀公问:'弟子孰为好学?'孔子对曰:'有颜回者好学,不迁怒。不贰过。不幸短命死矣。'"《史记·仲尼弟子列传》:"回年二十九,发尽白。蚤死。"据《孔子家语》等书记载,颜回死时年仅三十一。长饥至于老:指荣启期长期穷困挨饿,直到老死。

④枯槁:本指草木枯萎,这里指贫困憔悴。

⑤称心:恰合心愿。固:必。《公羊传·襄公二十七年》:"女(汝)能固纳公乎?"

⑥客:用人生如寄、似过客之意,代指短暂的人生。《古诗十九首·今日良宴会》:"人生寄一世,奄忽若飘尘。"又《驱车上东门》:"人生忽如寄,寿无金石固。"又《青青陵上柏》:"人生天地间,忽如远行客。"李善注:"老莱子曰:人生于天地之间,寄也。寄者故归。列子曰:死人为归人,则生人为行人矣。《韩诗外传》曰:枯鱼衔索,几何不蠹?二亲之寿,忽如过客。"养:保养。千金躯:犹贵体,贵如千金的身体。化:指死。宝:指荣名。《古诗十九首·回车驾言迈》:"人生非金石,岂能长寿考?奄忽随物化,荣名以为宝。"

⑦裸葬:裸体埋葬。《汉书·杨王孙传》载,杨王孙病危时嘱其子曰:"吾欲裸葬,以反吾真。死,则为布囊盛尸,入地七尺,既下,从足引脱其囊,以身亲土。"恶:不好。意表:言意之外的真意,即杨王孙所说的"以反吾真"的"真"。

【译文】

人称颜回是仁者,
又说荣公有道心。
颜回穷困且短命,
荣公挨饿至终身。
虽然留下身后名,
一生憔悴甚清贫。
人死之后无所知,
称心生前当自任。
短暂人生虽保养,

身死荣名皆不存。

裸葬又有何不好?

返归自然才是真。

其十二[①]

长公曾一仕,壮节忽失时[②]。

杜门[③]不复出,终身与世辞。

仲理归大泽,高风始在兹[④]。

一往便当已,何为复狐疑[⑤]?

去去当奚道!世俗久相期[⑥]。

摆落悠悠谈,请从余所之[⑦]。

【注释】

①这首诗通过赞扬张挚和杨伦辞官归隐,不再复出的高风亮节,来比况自己的归隐之志;并劝说世人不要再受世俗的欺骗,当看破红尘。随他一道归去隐耕。

②长公:张挚,字长公,西汉人,曾"官至大夫,免。以不能取容当世,故终身不仕"。壮节:壮烈的气节。失时:指失去了从政的时机。

③杜门:谓闭门不出。杜:堵塞,断绝。

④仲理:指东汉杨伦。《后汉书·儒林传》:"杨伦,字仲理,为郡文学椽。志乖于时,遂去职,不复应州郡命。讲授于大泽中,弟子至千余人。"高风:高尚的品格、操守。兹:此,这里。

⑤往:去。指出仕。已:止,停。指辞官归隐。狐疑:犹豫不决。

⑥去去:这里有"且罢""罢了"的意思。曹植《杂诗·转蓬离本根》:"去去莫复道,沉忧令人老。"奚道:还有什么可说的。奚:何。

⑦摆落:摆脱。悠悠谈:指世俗妄议是非的悠谬之谈。《晋书·王导传》:"悠悠之谈,宜绝智者之口。"余所之:我所去的地方,指隐居。之:往,到。

【译文】

张挚一度入仕途，
壮烈气节不入俗。
决意闭门与世绝，
终身隐遁不再出。
杨伦归去大泽中，
高尚节操在此处。
既一为官便当止，
隐去何需再犹豫？
罢了尚有何话说！
世俗欺我已很久。
摆脱世上荒谬论，
请随我归去隐居。

其十三[①]

有客常同止，取舍邈异境[②]。
一士长独醉，一夫终年醒。
醒醉还相笑，发言各不领[③]。
规规一何愚，兀傲差若颖[④]。
寄言酣中客，日没烛当秉[⑤]。

【注释】

①这首诗以醉者同醒者设譬，表现两种迥然不同的人生态度，在比较与评价中，诗人愿醉而不愿醒，以寄托对现实不满的愤激之情。

②同止：在一起，同一处。取舍：采取和舍弃，选择。取：逯本作“趣”，今从曾本、苏写本、焦本改。邈异境：境界迥然不同。

③领：领会，理解。

④规规：浅陋拘泥的样子。《庄子·秋水》：“于乃规规然而求之以察，索之以辩。是直用管窥天，用锥指地也。”渊明即用此典，故接下说“一何愚”。兀傲：倔

强而有锋芒。差:比较。颖:才能秀出,聪敏。

⑤酣中客:正在畅饮的人。烛当秉:逯本作"烛当秉",曾本、焦本皆注一作"烛当秉",从后者。秉:握持,拿着。《古诗十九首·生年不满百》:"昼短苦夜长,何不秉烛游。"

【译文】

两人常常在一起,
志趣心境不同类。
一人每天独昏醉,
一人清醒常年岁。
醒者醉者相视笑,
对话互相不领会。
浅陋拘泥多愚蠢,
自然放纵较聪慧。
转告正在畅饮者,
日落秉烛当欢醉。

其十四[①]

故人赏我趣,挈壶相与至[②]。
班荆[③]坐松下,数斟已复醉。
父老杂乱言,觞酌失行次[④]。
不觉知有我,安知物为贵[⑤]?
悠悠迷所留,酒中有深味[⑥]。

【注释】

①这首诗写与友人畅饮,旨在表现饮酒之中物我皆忘、超然物外的乐趣。

②故人:老朋友。挈壶:提壶。壶指酒壶。相与至:结伴而来。

③班荆:铺荆于地。《左传·襄公二十六年》:"班荆相与食,而言复故。"杜预注:"班,布也,布荆坐地。"荆:落叶灌木,这里指荆棘杂草。

④行次:指斟酒、饮酒的先后次序。

⑤这两句是说，在醉意中连自我的存在都忘记了，至于身外之物又有什么可值得珍贵的呢？

⑥悠悠：这里形容醉后精神恍惚的样子。迷所留：谓沉湎留恋于酒。深味：深刻的意味，这里主要是指托醉可以忘却世俗，消忧免祸。

【译文】

老友赏识我志趣，
相约携酒到一起。
荆柴铺地松下坐，
酒过数巡已酣醉。
父老相杂乱言语，
行杯饮酒失次第。
不觉世上有我在，
身外之物何足贵？
神志恍惚在酒中，
酒中自有深意味。

其十五[①]

贫居乏人工[②]，灌木荒余宅。
班班[③]有翔鸟，寂寂无行迹。
宇宙一何悠，人生少至百[④]。
岁月相催逼，鬓边早已白。
若不委穷达，素抱深可惜[⑤]。

【注释】

①这首诗写贫居荒宅之景与衰老将至之悲，但诗人并不为守穷而后悔，相反，如果违背了自己的夙愿，那才深感痛惜。

②乏人工：缺少劳力帮手。

③班班：显明的样子。《后汉书·赵壹传》："余畏禁不敢班班显言。"

④悠：久远。少至百：很少活到百岁。

⑤委穷达:犹“委命”。委:听任。穷达:指穷达之命。素抱:平索的怀抱,即夙志。

【译文】

贫居无奈缺人力,
灌木丛生住宅荒。
但见翱翔飞鸟在,
无人来往甚凄凉。
无穷宇宙多久远,
人世难活百岁长。
岁月相催人渐老,
已白鬓发似秋霜。
我如不是任穷达,
违背夙怀才悲伤。

其十六[①]

少年罕人事,游好在六经[②]。
行行向不惑,淹留遂无成[③]。
竟抱固穷节,饥寒饱所更[④]。
弊庐交悲风,荒草没前庭[⑤]。
披褐守长夜,晨鸡不肯鸣[⑥]。
孟公不在兹,终以翳吾情[⑦]。

【注释】

①这首诗写自己少年时颇有壮志,然老而无成,一生抱定固穷之节,饱受饥寒之苦,以至于现在。但诗人所感到悲哀的是,世上竟无知音。

②罕人事:很少有世俗上的交往。游好:游心,爱好。六经:六种儒家经典,指《诗》《书》《易》《礼》《乐》《春秋》。这里泛指古代的经籍。

③行行:不停地走,比喻时光流逝。向:接近。不惑:指四十岁。《论语·为政》:“四十而不惑。”淹留:久留,指隐退。《楚辞·九辩》:“蹇淹留而无成。”无成:

指在功名事业上无所成就。

④竟:最终。抱:持,坚持。固穷节:穷困时固守节操,意即宁可穷困而不改其志。语出《论语·卫灵公》。饱:饱经,饱受。更:经历。

⑤弊庐:破旧的房屋。交:接。悲风:凄厉的风。曹植《杂诗》:"江介多悲风,淮泗驰急流。"没:淹没,覆盖。庭:庭院。

⑥这两句写寒夜饥寒交迫的窘状,即《怨诗楚调示庞主簿邓治中》诗中所说"寒夜无被眠;造夕思鸡鸣"之意。

⑦孟公:东汉刘龚,字孟公。皇甫谧《高士传》载:"张仲蔚,平陵人。好诗赋,常居贫素,所处蓬蒿没人。时人莫识,惟刘龚知之。"陶渊明在这里是以张仲蔚自比,但是慨叹自己却没有刘龚那样的知音。翳:遮蔽,隐没,此处有"郁闷"之意。

【译文】

自小不同人交往,
一心爱好在六经。
行年渐至四十岁,
长久隐居无所成。
最终抱定固穷节,
饱受饥饿与寒冷。
破旧茅屋风凄厉,
荒草淹没前院庭。
披衣坐守漫长夜,
盼望晨鸡叫天明。
没有知音在身边,
向谁倾诉我衷情。

其十七[①]

幽兰生前庭，含薰[②]待清风。
清风脱然至，见别萧艾中[③]。
行行失故路，任道或能通[④]。
觉悟当念还，鸟尽废良弓[⑤]。

【注释】

①这首诗以幽兰自喻，以萧艾喻世俗，表现自己清高芳洁的品性。诗末以“鸟尽废良弓”的典故，说明自己的归隐之由，喻有深刻的政治含义。

②薰：香气。

③脱然：轻快的样子。萧艾：指杂草。屈原《离骚》：“何昔日之芳草兮，今直为此萧艾也。”

④行行：走着不停。失：迷失。故路：旧路，指隐居守节。“失故路”指出仕。任道：顺应自然之道。

⑤鸟尽废良弓：《史记·越王句践世家》：“蜚鸟尽，良弓藏。”比喻统治者于功成后废弃或杀害给他出过力的人。

【译文】

幽兰生长在前庭，
含香等待沐清风。
清风轻快习习至，
杂草香兰自分明。
前行迷失我旧途，
顺应自然或可通。
既然醒悟应归去，
当心鸟尽弃良弓。

其十八[①]

子云性嗜酒[②],家贫无由得。

时赖好事人,载醪袪所惑[③]。

觞来为之尽,是谘无不塞[④]。

有时不肯言,岂不在伐国[⑤]?

仁者用其心,何尝失显默[⑥]!

【注释】

①这首诗分别以扬雄和柳下惠自况,一方面说明家贫无酒,幸赖友人馈赠;另一方面表示闭口不谈国事,以远祸全身。其中暗喻对国事前途的深忧。

②子云:扬雄,字子云,西汉学者。嗜:喜欢,爱好。

③时:常常。赖:依赖,依靠。好事人:本指喜欢多事的人,这里指勤学好问之人。载醪:带着酒。袪所惑:解除疑惑问题。《汉书·扬雄传》说扬雄"家素贫,耆(嗜)酒,人希至其门。时有好事者载酒肴从游学"。

④是谘:凡是所询问的。无不塞:无不得到满意的答复。塞:充实,充满。

⑤伐国:《汉书·董仲舒传》:"闻昔者鲁公问柳下惠:'吾欲伐齐,如何?'柳下惠曰:'不可。'归而有忧色,曰:'吾闻伐国不问仁人,此言何为至于我哉!'"渊明用此典故代指国家的政治之事。

⑥用其心:谓谨慎小心,仔细考虑。失:过失,失误。显默:显达与寂寞,指出仕与归隐。

【译文】

扬雄生性好饮酒,

无奈家贫无处得。

幸赖一些勤学者,

时常携酒来求学。

酒杯斟酒即饮尽,

有问必答解疑惑。

有时沉默不肯言,

岂非国事不敢说？
仁者行身细思量，
进退出处何尝错！

其十九[1]

畴昔苦长饥，投耒去学仕[2]。
将养不得节，冻馁固缠己[3]。
是时向立年，志意多所耻[4]。
遂尽介然分，终死归田里[5]。
冉冉星气流，亭亭复一纪[6]。
世路廓悠悠，杨朱所以止[7]。
虽无挥金事，浊酒聊可恃[8]。

【注释】

①这首诗记述自己当年因饥寒而出仕，由耻为仕而归田，又由归田而至于今的出处过程和感慨。尽管目前的境遇同样贫困，但走的是正途，没有违背初衷，且有酒可以自慰，所以诗人已经感到十分满足。从而表现了归隐的志趣与对仕途的厌恶。

②畴昔：往昔，过去。投耒：放下农具，这里指放弃农耕的生活。

③将养：休息和调养。《墨子·尚贤中》："内有以食饥息劳，将养其万民。"不得节：不得法。节：法度。馁：饥饿。固缠己：谓自己无法摆脱。

④向立年：将近三十岁。《论语·为政》："三十而立。"后遂以"而立之年"称三十岁。渊明二十九岁始仕为江州祭酒，故曰"向立年"。志意多所耻：指内心为出仕而感到羞耻。志意：指志向心愿。

⑤遂：于是。尽：完全使出，充分表现出来。介然分：耿介的本分。介然：耿介，坚贞。《荀子·修身》："善在身，介然必以自好也。"杨倞注："介然，坚固貌。"田里：田园，故居。

⑥冉冉：渐渐。星气流：星宿节气运行变化，指时光流逝。亭亭：久远的样子。一纪：十二年，这里指诗人自归田到写作此诗时的十二年。

⑦世路：即世道。廓悠悠：空阔遥远的样子。杨朱：战国时卫人。止：止步不前。《淮南子·说林》："杨子（即杨朱）见逵路（即歧路）而哭之，为其可以南，可以北。"

⑧挥金事：《汉书·疏广传》载：汉宣帝时，疏广官至太子太傅，后辞归乡里，将皇帝赐予的黄金每天用来设酒食，请族人故旧宾客，与相娱乐，挥金甚多。恃：依靠，凭借，这里有慰藉之意。

【译文】

昔日苦于长饥饿，
抛开农具去为官。
休息调养不得法，
饥饿严寒将我缠。
那时年近三十岁，
内心为之甚羞惭。
坚贞气节当保全，
归去终老在田园。
日月运转光阴逝，
归来已整十二年。
世道空旷且辽远，
杨朱临歧哭不前。
家贫虽无挥金乐，
浊酒足慰我心田。

其二十[①]

羲农去我久，举世少复真[②]。
汲汲鲁中叟，弥缝使其淳[③]。
凤鸟虽不至，礼乐暂得新[④]。
洙泗辍微响，漂流逮狂秦[⑤]。
诗书复何罪？一朝成灰尘[⑥]。

区区诸老翁，为事诚殷勤[⑦]。
如何绝世下，六籍无一亲[⑧]。
终日驰车走，不见所问津[⑨]。
若复不快饮，空负头上巾[⑩]。
但恨多谬误[⑪]，君当恕醉人。

【注释】

①这首诗以历史的思考为基础，慨叹眼前世风日下，而思慕远古伏羲，神农时的真朴之风，表现了诗人对现实强烈不满的情绪。

②羲农：指伏羲氏、神农氏，传说中的上古帝王。去：离开。真：指真淳的社会风尚。

③汲汲：心情急切的样子。鲁中叟：鲁国的老人，指孔子。弥缝：弥补，补救行事的闭失。《左传·僖公二十六年》："弥缝其阙，而匡救其灾。"

④凤鸟虽不至：凤鸟即凤凰。古人认为凤凰是祥瑞之鸟，如果凤凰出现，就预示将出现太平盛世。《论语·子罕》："凤鸟不至，河图不出，吾已矣夫！"礼乐暂得新：据《史记·孔子世家》载，"孔子之时，周室微而礼乐废"，后经孔子的补救整理，"礼乐自此可得而述"，才又得以复兴。

⑤洙泗：二水名，在今山东省曲阜县北。孔子曾在那里教授弟子。辍：中止，停止。微响：犹微言，指精微要妙之言。《史记·孔子世家》说"孔子没而微言绝"。漂流：形容时光的流逝。逮：至，到。狂秦：狂暴的秦朝。

⑥这两句指秦始皇焚书事。

⑦区区：少，为数不多。诸老翁：指西汉初年传授经学的饱学长者，如伏生、申培、辕固生、韩婴等人。为事：指传授经学之事。

⑧绝世：指汉代灭亡。六籍：指六经。亲：亲近。

⑨驰车走：指追逐名利之徒奔走不息。走：奔跑。不见所问津：指没有像孔子那样为探求治世之道而奔走的人。

⑩快饮：痛饮，畅饮。头上巾：这里特指陶渊明自己所戴的漉酒巾。《宋书·隐逸传》载，渊明"值其酒熟，取头上葛巾漉酒。毕，还复著之"。

⑪多谬误：谓以上所说，多有错误不当之处。这实际上是反语，为愤激之言。

【译文】

伏羲神农已遥远，
世间少有人朴真。
鲁国孔子心急切，
补救阙失使其淳。
虽未遇得太平世，
恢复礼乐面貌新。
礼乐之乡微言绝，
日月迁延至于秦。
诗书典籍有何罪？
顿时被焚成灰尘。
汉初几位老儒生，
传授经学很殷勤。
汉代灭亡至于今，
无人再与六经亲。
世人奔走为名利，
治世之道无问津。
如若不将酒痛饮，
空负头上漉酒巾。
但恨此言多谬误，
望君愿谅醉乡人。

止 酒

居止次城邑,逍遥自闲止[①]。
坐止高荫下,步止荜门里[②]。
好味止园葵,大欢止稚子[③]。
平生不止酒,止酒情无喜。
暮止不安寝,晨止不能起。
日日欲止之,营卫止不理[④]。
徒知止不乐,未知止利己。
始觉止为善,今朝真止矣。
从此一止去,将止扶桑涘[⑤]。
清颜止宿容,奚止千万祀[⑥]!

【注释】

①居止:居住。次:居住之处。闲止:闲居,家居无事。

②荜门:犹柴门。荜同"筚",用荆条或竹子编成的篱笆或其他遮拦物。这两句是说,坐歇在高树荫下,步行限于柴门之内。

③止园葵:只有园中的葵菜。大欢:最大的欢快、乐趣。止稚子:莫过于和幼儿在一起。

④营卫:气血经脉与御病机能。营指由饮食中吸收的营养物质,有生化血液,营养周身的作用。卫指人体抗御病邪侵入的机能。止:止酒。不理:不调理,不调顺。

⑤将止:将到。扶桑涘:指神仙所居之处。扶桑:古人认为是日出之处。涘:水边。

⑥清颜止宿容:谓停到清癯的仙颜代替旧日的容貌。奚止:何止。祀:年。

【译文】

我家住在县城边，
自任逍遥得悠闲。
高树清荫下面坐，
散步只到柴门前。
园中葵菜味道好，
最喜幼儿在眼前。
平生一向不戒酒，
戒酒我心不喜欢。
晚上不饮睡不安，
早晨不饮起床难。
天天打算把酒戒，
又恐经脉不循环。
只知戒酒心不乐，
不知戒酒身健全。
开始感觉戒酒好，
真正戒酒在今天。
从此一直戒下去，
一直戒到成神仙。
戒得仙颜换旧容，
岂止戒它千万年！

述　酒①

重离照南陆，鸣鸟声相闻②。
秋草虽未黄，融风③久已分。
素砾皛修渚，南岳无余云④。
豫章抗高门，重华固灵坟⑤。
流泪抱中叹，倾耳听司晨⑥。
神州献嘉粟⑦，西灵为我驯。
诸梁董师旅，芊胜丧其身⑧。
山阳归下国⑨，成名犹不勤。
卜生善斯牧⑩，安乐不为君。
平王去旧京，峡中纳遗薰⑪。
双阳甫云育，三趾显奇文⑫。
王子爱清吹，日中翔河汾⑬。
朱公练九齿，闲居离世纷⑭。
峨峨西岭内，偃息常所亲⑮。
天容自永固，彭殇非等伦⑯。

【注释】

①逯本于题下有“仪狄造，杜康润色之”八字，并注云：“上八字宋本云旧注。曾本、苏写本此下又注，宋本云，此篇与题非本意，诸本如此，误。”

②重离照南陆：寓言东晋之初，如日丽大，得以中兴。重离：代指太阳。离为周易八卦之一，卦形为，象征火。重卦（离下离上）后又为六十四卦之一，卦形为，卦名仍称离。《周易·说卦》：“离为火、为日。”故“重离”代指太阳。又暗喻司马氏。《晋书·宣帝纪》谓司马氏“其先出自帝高阳之子重黎，为夏官祝融”，是说晋代皇帝司马氏是重黎的后代。而“重离”与“重黎”谐音。南陆：《周易·说卦》：“离也者，明也，万物皆相见，南方之卦也。”所以诗人说“重离照南陆”。南陆又暗指东晋所统治的南部中国。鸣鸟声相闻：比

喻东晋之初人才济济,名臣荟萃。鸣鸟:指鸣叫的凤凰。凤凰喻贤才;凤凰鸣喻贤才逢时。《诗经·大雅·卷阿》:"凤皇于飞,翙翙其羽;亦集爰止,蔼蔼王多吉士。"(第七章)"凤皇鸣矣,于彼高冈;梧桐生矣,于彼朝阳。"(第九章)

③融风:立春后的东北风。《说文·风部》:"东北曰融风。"段玉裁注:"调风、条风、融风,一也。"《淮南子·天文训》:"距日冬至四十五日条风至。"按《太平御览》卷九引《易纬》:"立春条风至。"融又暗指司马氏。融为火,火神即祝融。相传祝融为帝喾时的火官,后人尊为人神。而祝融实即司马氏先人重黎。《史记·楚世家》:"重黎为帝喾高辛居火正,甚有功,能光融天下,帝喾命曰祝融。"

④素砾皛修渚:暗喻奸邪得势。素砾:白石。古人常用砾与玉并举,砾指奸邪,玉比忠贤。《楚辞·惜誓》:"放山渊之龟玉兮,相与贵夫砾石。"范晔《后汉书·党锢传赞》:"径以渭浊,玉以砾贞……兰获无并,消长相倾。"皛:皎洁,明亮。修渚:长洲。这里是以江陵九十九洲代指渚宫江陵。汤汉注:"修渚,疑指江陵。"桓玄自称荆州刺史后,曾增填九十九洲为一百,为他称帝制,造祥瑞。素砾显于江清,则喻奸邪得势,同时也暗指桓玄盘踞江陵阴谋篡权。南岳无余云:暗喻司马氏政权气数已尽。南岳:即衡山,五岳之一,在湖南。晋元帝即位诏中曾说"遂登坛南岳",而且零陵就在南岳附近。所以"南岳"代指江左司马氏政权。云:指紫云,即古代数术家所谓王气。《艺文类聚》引晋·庾阐《扬州赋》注云:"建康宫北十里有蒋山,元皇帝未渡江之年,望气者云,蒋山有紫云,时时晨见云云。"又《晋书·元帝纪》:"始皇时望气者,五百年后金陵有天子气";"元帝之渡江也,乃五百二十六年,真人之应在于此矣。"则"无余云"即指司马氏政权气数已尽。

⑤豫章抗高门:暗指刘裕继桓玄之后与司马氏政权分庭抗礼。豫章:郡名,在今江西南昌。《晋书·桓玄传》载,太尉桓玄讽朝廷以"平元显功封豫章公"。又《晋书》义熙二年(406年),"尚书论建义功,奏封刘裕豫章郡公"。抗:对抗,抗衡。高门,即皋门,天子之门。《诗经·大雅·绵》:"乃立皋门,皋门有伉。"毛传:"王之郭门曰皋门。"孔疏:"皋高通用。"又《礼记·明堂位》:"天子皋门。"郑注:"皋之为言高也。"重华固灵坟:暗指晋恭帝已死,只

剩坟墓而已。重华:虞舜名,这里代指晋恭帝。晋恭帝被废为零陵王,而舜墓即在零陵的九嶷山。固:但,只。固灵坟:只剩一座灵坟。这两句意思是说,刘裕继桓玄之后与晋王室相抗衡,晋恭帝只有死路一条。

⑥抱中叹:内心叹息。抱指怀抱、内心。司晨:指报晓的雄鸡。这两句是说,内心忧伤而叹息,彻夜难眠,侧耳听着雄鸡报晓,等待天明。

⑦神州:战国时邹衍称中国为"赤县神州",后来用"神州"作中国的代称。这里指国内。献嘉粟:嘉粟又称嘉禾,生长得特别茁壮的禾稻,古人认为是吉祥的象征。

⑧诸梁:即沈诸梁,战国时楚人,封叶公。董:治理,统帅。师旅:军队。芊胜:楚太子的儿子,居于吴国,为白公。

⑨山阳归下国:山阳指汉献帝刘协。东汉建安二十五年(220年),魏王曹丕称帝,废献帝为山阳公。山阳公十四年后寿终,年五十四。下国,即指逊位后归山阳(在今河南怀州)。

⑩卜生善斯牧:卜生,指卜式。

⑪平王去旧京:东周的开国君主周平王,于公元前770年东迁雒邑之事。去:离开。旧京:旧都镐。这里是借平王东迁事,指晋元帝建基江左。峡中纳遗薰:峡同"郏",指郏鄏,即今洛阳。薰:薰育,亦作严狁、猃狁、荤粥、獯鬻、荤允等。我国古代北方民族名。殷周之际,主要分布在今陕西、甘肃北境及内蒙古自治区西部,春秋时被人称作戎、狄,后亦称为匈奴。刘聪为匈奴遗族,曾攻陷洛阳,晋元帝因此东迁。这两句是说,晋元帝离开旧都东迁江左之后,洛阳一带中原地区就被匈奴占领了。

⑫双阳甫云育:双阳,重日,寓言"昌"字,指晋孝武帝司马昌明。甫云育:开始有了后嗣。《晋书·孝武帝纪》载:"初,简文帝见谶云:'晋祚尽昌明'。"待其于孝武帝降生,无意中竟取名为"昌明"。于是流涕悲叹,以为晋祚已尽。但孝武帝死后,子安帝又嗣位,晋朝并未尽于"昌明"。这句是说,孝武帝既已有了后嗣,便可延长晋朝江山。三趾显奇文:三趾,三足,即三足乌。晋初曾用它作为代魏的祥瑞。《晋诸公赞》:"世祖时,西域献三足乌。遂累有赤乌来集此昌陵后县。案昌为重日,乌者,日中之乌,有托体阳精,应期曜质,以显至德者也。"显奇文:是说谶纬之言,本为晋代魏之祥瑞,而今又

成为宋代晋之祥瑞,故曰“奇”。《宋书·武帝纪》:晋帝禅位于王,诏曰:“故四灵效瑞,川岳启图,瞻乌爱止,允集明哲,夫岂延康有归;咸熙告谢而已哉!”这句意思是,三足乌又成了刘宋代晋的祥瑞征兆。

⑬王子爱清吹:王子,即王子晋。《列仙传》载,周灵王太子名晋,好吹笙,年十七,乘白鹤,白日升仙而去。清吹,即指吹笙。此句以王子晋托言东晋,谓已亡去。日中翔河汾:日中,即正午,有典午之意。典,主其事,即“司”;午,属马,典午托言司马,暗指晋。翔:遨游。河汾:晋国地名。遨游河汾,暗指禅代之事。《梁书·武帝纪》载禅位策说:“一驾河汾,便有窅然之志;暂适箕岭,即动让王之心。”又《庄子·逍遥游》:“尧往见四子于汾水之阴,窅然丧其天下焉。”这两句是以王子晋年十七而仙逝喻晋朝在刘裕的控制下十七年而亡,司马氏政权以禅代而告终。

⑭朱公练九齿:朱公指战国时范蠡。范蠡佐越破吴后,变姓名游于江湖,至陶,号陶朱公。这里是以朱公隐“陶”字,是陶渊明自称。练九齿:修炼长生之术。九与“久”谐音义同;齿,年龄。九齿即长寿。世纷:世间的纷乱。这两句是说,我要修炼长生之术,退隐闲居,离开纷乱的世界。

⑮峨峨:高大的样子。西岭:即西山,指伯夷、叔齐隐居之地,不食周粟,采薇充饥,终于饿死。偃息:安卧。《诗经·小雅·北山》:“或偃息在床,或不已于行。”亲:这里有钦慕、敬仰的意思。这两句是说:那高高的西山之中,安卧着我所仰慕的伯夷、叔齐两位高人。

⑯天容:天人之容,即出众人物的形象,指伯夷、叔齐。永固:永久保持。彭:古代传说中的长寿者彭祖。殇:指夭折的儿童。等伦:同等,一样。这两句是说,伯夷、叔齐那出众的节操将会永久存在,正如长寿的彭祖同夭折的儿童不能等量齐观。

【译文】

重黎之光普照南国,
人才众若风鸣相闻。
秋草虽然尚未枯黄,
春风早已消失散尽。
白砾皎皎长洲之中,

南岳衡山已无祥云。
豫章与帝分庭抗礼，
虞舜已死只剩灵坟。
心中悲怨叹息流泪，
倾听鸡鸣盼望清晨。
国内有人献上嘉禾，
四灵祥瑞为我所驯。
叶公帅军讨伐白公，
白公兵败已丧其身。
献帝被废犹得寿终，
恭帝虽死不得存间。
卜式善牧恶者辄去，
安乐失职不为其君。
平王东迁离开旧都，
中原皆被匈奴入侵。
司马昌明已有后嗣，
三足乌显成宋代晋。
王子吹笙白日仙去，
正午遨翔汾河之滨。
陶朱修炼长生之术，
隐居避世离开纠纷。
高高西山夷叔所居，
安然仰卧为我所钦。
天人之容永世长存，
彭祖长寿难与比伦。

责　子

白发被两鬓，肌肤不复实①。
虽有五男儿，总不好纸笔②。
阿舒已二八，懒惰故无匹③。
阿宣行志学，而不爱文术④。
雍端年十三，不识六与七。
通子垂九龄，但觅梨与栗⑤。
天运苟如此，且进杯中物⑥。

【注释】

①被：同"披"，覆盖，下垂。鬓：面颊两旁近耳的头发。肌肤：指身体。实：结实。

②五男儿：陶渊明有五个儿子，大名分别叫俨、俟、份、佚、佟，小名分别叫舒、宣、雍、端、通。这首诗中皆称小名。纸笔：这里代指学习。

③二八：即十六岁。故：同"固"。曾本云，"一作固"。无匹：无人能比。

④行：行将，将近。志学：指十五岁。《论语·为政》："子曰：吾十有五，而志于学。"后人遂以十五岁为志学之年。文术：指读书、作文之类的事情。

⑤垂九龄：将近九岁。觅：寻觅，寻找。

⑥天运：天命，命运。苟：如果。杯中物：指酒。

【译文】

白发覆垂在两鬓，
我身已不再结实。
身边虽有五男儿，
总不喜欢纸与笔。
阿舒已经十六岁，
懒惰无人能相比。
阿宣快到十五岁，

也是无心去学习。
阿雍阿端年十三，
竟然不识六与七。
通儿年龄近九岁，
只知寻找梨与栗。
天命如果真如此，
姑且饮酒莫论理。

有会而作并序

旧谷即没，新谷未登[1]，颇为老农[2]，而值年灾，日月尚悠[3]，为患未已[4]。登岁之功[5]，既不可希[6]，朝夕所资[7]，烟火裁[8]通。旬日以来，始念饥乏。岁云夕矣[9]，慨然永怀[10]。我今不述[11]，后生[12]何闻哉！

弱年逢家乏，老至更长饥[13]。
菽麦实所羡，孰敢慕甘肥[14]！
惄如亚九饭，当暑厌寒衣[15]。
岁月将欲暮，如何辛苦悲[16]！
常善粥者心，深念蒙袂非[17]。
嗟来何足吝，徒没空自遗[18]。
斯滥岂攸志，固穷夙所归[19]。
馁也已矣夫，在昔余多师[20]。

【注释】

①未登：谷物没登场，即尚未收割。

②颇为老农：做了很久的农民。老农是作者自称。

③日月尚悠：日子还很长。悠：久远。

④未已：不止。

⑤登岁之功：一年的农业收成。

⑥希：希望，指望。

⑦朝夕：指每天，日常。资：资用，指吃的用的生活必需品。

⑧裁：同“才”，仅。

⑨云：语助词，无意义。夕：指年终。

⑩永怀：用诗歌来抒写怀抱。永：通“咏”。

⑪述：陈述，抒写。

⑫后生：后代，子孙。

⑬弱年：少年时期。更：经历。

⑭菽:豆类的总称。甘肥:指精美的食品。

⑮惄如:因饥饿而愁苦之状。《诗经·周南·汝坟》:“未见君子,惄如调饥。”毛传:“惄,饥意也。调,朝也。”郑玄笺:“惄,思也,未见君子之时,如朝饥之思食。”亚九饭:亚,次于。九饭:一个月吃九顿饭,指子思。《说苑·立节》说,子思住在卫国时,非常贫困,“三旬而九食”。这句是说,我饥饿穷愁,仅次于子思。当暑厌寒衣:在暑天还穿着讨厌的寒衣,谓贫穷而无夏衣更换。当:值。

⑯暮:指年终,一年将近。如何:奈何。

⑰善:称许,称赞。粥者:施粥以赈济饥民的人,这里指黔敖。《礼记·檀弓》:“齐大饥,黔敖为食于路,以待饿者而食之。有饿者蒙袂辑屦,贸贸然来。黔敖左奉食,右执饮,曰:‘嗟!来食。’扬其目而视之,曰:‘予唯不食嗟来之食,以至于斯也。’从而谢焉,终不食而死。”蒙袂:用衣袖蒙住脸。袂:衣袖。

⑱嗟来:不礼貌的吆喝声。吝:恨。徒没:白白地饿死。遗:失,弃。以上四句称许黔敖的善良本心,并为蒙袂者不食嗟来之食而婉惜,其实诗人自己也是不主张食嗟来之食的。萧统《陶渊明传》说渊明“躬耕自资遂报羸疾。江州刺史檀道济往候之,偃卧瘠馁有日矣。道济谓曰:‘贤者处世,天下无道则隐,有道则至;今子生文明之世,奈何自苦如此?’对曰:‘潜也何敢望贤?志不及也。’道济馈以粱肉,麾而去之。”陶渊明此诗“有会而作”,疑即有感于此而作。

⑲这两句用《论语·卫灵公》“君子固穷,小人穷斯滥”的典故,是说君子可以为保持节操而穷困,小人如穷困就会干出越轨之事。夙所归:平素的志向所期望达到的。

⑳馁:饥饿。在昔:过去。余多师:我有很多老师。指值得效法的先贤,如伯夷、叔齐、子思,以及不食嗟来之食的蒙袂饥者等。

【译文】

陈谷已经吃完,新谷尚未收获,我这长期务农的老汉,又遇上了灾荒之年,来日方长,饥患未了。一年的收成,既然已无指望,日常生活所需,仅能勉强维持不至断炊。近十多天来,开始感到饥饿困乏。一年将尽,深有感慨,写下此诗以抒发怀抱。现在我如果不把心里话说出来,后代子孙又怎么能知道呢?

年少即逢家困乏,
老来更贫常受饥。
粗食淡饭愿已足,
哪敢企求精美味!
穷困仅次于子思,
暑天已厌穿寒衣。
一年岁月又将尽,
何等辛酸又苦悲!
施粥之人心善良,
掩面之人非所宜。
嗟来之食何足恨,
白白饿死徒自弃。
人穷斯滥非我愿,
君子固穷是本志。
饥饿贫穷又何妨,
古来多有我先师。

蜡[①] 日

风雪送余运,无妨时已和[②]。
梅柳夹门植,一条有佳花[③]。
我唱尔言得,酒中适何多[④]!
未能明多少,章山有奇歌[⑤]。

【注释】

①蜡:周代十二月祭百神之称。《礼记·郊特性》:"蜡也者,索也者,索也,岁十二月,合聚万物而索飨之也。"

②余运:一年内剩下的时运,即岁暮。时已和:时节已渐暖和。

③夹门植:种植在门两旁。佳花:指梅花。

④唱:指咏诗。尔:你,指上句的"佳花"。言得:称赏之意。适:适意,惬意。这两句表现饮酒赏梅的沉醉之态。

⑤未能明多少:难以明了到底有多少,意谓极多,指"酒中适"。章山:江西南城县东北五里有章山,乔松修竹,森列交荫。

【译文】

风雪送走岁暮日,
不妨时节渐暖和。
梅柳种在门两侧,
一枝佳梅已着花。
我唱歌诗你称赏,
酒中适意何其多!
未能明了意多少,
章山之中有奇歌。

拟古九首其一①

荣荣窗下兰，密密堂前柳②。
初与君别时，不谓行当久③。
出门万里客，中道逢嘉友④。
未言心相醉，不在接杯酒⑤。
兰枯柳亦衰，遂令此言负⑥。
多谢诸少年，相知不忠厚⑦。
意气倾人命，离隔复何有⑧？

【注释】

①这首诗采取拟人的手法，借对远行游子负约未归的怨恨，感慨世人结交不重信义，违背誓约，轻易初心。

②荣荣：繁盛的样子。这两句写当初分别之景，有起兴的作用。兰取其贞洁，柳取其惜别。

③君：指出门的游子。不谓行当久：没说此行要很久。

④中道：中途。嘉友：好友。

⑤心相醉：内心已为之倾倒，即一见倾心。这两句是说，尚未饮酒交谈，便一见倾心。

⑥言：指临别誓约。负：违背，背弃。

⑦多谢：多多告诫。《古诗为焦仲卿妻作》："多谢后世人，戒之慎勿忘。"相知不忠厚：当面相知的朋友未必就是忠厚之人。此句及后面两句皆为告诫之辞。

⑧意气：情谊，恩义。倾人命：送性命。离隔：分离，离弃。这两句的意思是说，你为情谊可以不惜献出一切，可当那位不忠厚的朋友弃你而去之后，又有什么情谊存在呢？

【译文】

茂盛幽兰在窗下，

依依垂柳在堂前。
当初与你告别时，
未讲此行很久远。
出门万里客他乡，
半道交朋结新欢。
一见倾心似迷醉，
未曾饮酒尽言谈。
幽兰枯萎垂柳衰，
背信之人违誓言。
告诫世间青少年，
相知未必心不变。
你为情谊愿献身，
他将你弃无情感。

拟古九首其二①

辞家夙严驾，当往志无终②。
问君今何行？非商复非戎③。
闻有田子泰，节义为士雄④。
斯人久已死，乡里习其风⑤。
生有高世名，既没传无穷⑥。
不学狂驰子，直在百年中⑦。

【注释】

①这首诗托言远访高士田子泰的故乡，对高尚节义之士深表敬仰，对世间不顾节义而趋炎附势、争名逐利之人表示了厌恶。

②夙：早晨。严驾：整治车马，准备出行。曹植《杂诗》："仆夫早严驾，吾将远行游。"志无终：向往到无终去。按"志"一作"至"，亦通。无终：古县名，在今河北省蓟县。

③今何行：现在到那里去做什么。商：经商，做买卖。戎：从军。

④田子泰：即田畴，字子泰，东汉无终人。田畴以重节义而闻名。据《三国志·魏志·田畴传》载，当时董卓迁汉献帝于长安，幽州牧刘虞派田畴带二十多人到长安去朝见献帝。道路阻隔，行程艰难，但田畴等人还是到达长安朝见了献帝。献帝拜他为骑都尉，他说："天子蒙尘，不可受荷佩。"辞不就，朝廷对他的节义很钦佩。当他返回时，刘虞已被公孙瓒杀害，但他仍到刘虞墓前悼念致哀，结果激怒公孙瓒，将他拘捕。后公孙瓒怕失民心，又将他释放。获释后，田畴隐居于徐无山中，归附他的百姓有五千多家，他就定法纪、办学校，使地方大治。节义：气节信义。士雄：人中豪杰。士，是古代对男子的美称。

⑤斯人：此人，指田畴。习其风：谓继承了他重节义的遗风。

⑥生：生前，在世时。高世名：在世上声誉很高。既没：已死之后。

⑦狂驰子：指为争名逐利而疯狂奔走的人。直：只，仅。百年中：泛指人

活一世的时间。

【译文】

辞家早起备车马，
准备远行去无终。
请问前行欲何为？
不经商也不当兵。
听说有位田子泰，
节义崇高称豪英。
虽然此人久已死，
乡里承袭其遗风。
在世之时名誉高，
死后美名传无穷。
不学奔走逐名利，
荣耀只在一生中。

拟古九首其三[1]

仲春遘时雨，始雷发东隅[2]。
众蛰各潜骇，草木从横舒[3]。
翩翩新来燕，双双入我庐[4]。
先巢故尚在，相将还旧居[5]。
自从分别来，门庭日荒芜。
我心固匪石[6]，君情定何如？

【注释】

①这首诗以春燕返巢托兴，表现诗人不因贫穷而改变隐居的素质，同时也寓有对晋室为刘宋所取代而产生的愤慨。

②仲春：阴历二月。遘：遇，逢。东隅：东方，古人以东方为春。

③众蛰：各种冬眠的动物。蛰，动物冬眠。潜骇：在潜藏处被惊醒。纵横舒：形容草木开始向高处和远处自由舒展地生长。从：同"纵"。以上四句描写季节变化。《礼记·月令》："仲春二月，始雨水，雷乃发生，蛰曰咸动，启户始出。"

④翩翩：轻快飞翔的样子。庐：住室。

⑤先巢：故巢，旧窝。故：仍旧。相将：相随，相偕。旧居：指故巢。

⑥我心固匪石：本《诗经·邶风·柏舟》："我心匪石，不可转也。"是说我的心并非石头，是不可转动的。比喻信念坚定，不可动摇。固：牢固，坚定不移。匪：非。君：指燕。

【译文】

二月喜逢春时雨，
春雷阵阵发东边。
冬眠动物皆惊醒，
草木润泽得舒展。
轻快飞翔春燕归，

双双入我屋里边。
故巢依旧还存在，
相伴相随把家还。
你我自从分别来，
门庭日渐荒草蔓。
我心坚定不改变，
君意未知将何如？

拟古九首其四[①]

迢迢百尺楼,分明望四荒[②]。
暮作归云宅,朝为飞鸟堂[③]。
山河满目中,平原独茫茫[④]。
古时功名士,慷慨争此场[⑤]。
一旦百岁后,相与还北邙[⑥]。
松柏为人伐,高坟互低昂[⑦]。
颓基无遗主[⑧],游魂在何方?
荣华诚足贵,亦复可怜伤[⑨]。

【注释】

①这首诗写由登楼远眺而引起的感慨沉思。江山满目,茫茫无垠,历史沧桑,古今之变,尤显人生一世,何其短暂!曾经在这片土地上追逐功名利禄的古人,早已身死魂灭,只剩下荒坟一片,实在可怜可伤。从而抒发了诗人不慕荣华富贵、坚持隐居守节的志向与情怀。

②迢迢:本义指遥远的样子,这里形容高高的样子。分明:清楚。四荒:四方荒远之地。

③归云宅:是说白云晚上把它当作住宅。形容楼之高。《古诗十九首》之五:"西北有高楼,上与浮云齐。"飞鸟堂:飞鸟聚集的厅堂。

④茫茫:辽阔,深远。

⑤功名士:追逐功名利禄之人。此场:指山河、平原。

⑥百岁后:去世以后。相与:共同,同样。北邙:山名,在洛阳城北,东汉、魏、西晋君臣多葬此山,这里泛指墓地。

⑦互低昂:形容坟堆高低不齐。昂:高。

⑧颓基:倒塌毁坏了的墓基。遗主:指坟墓的主人,即死者的后代。

⑨这两句是说,对于那些生前追求功名的人来说,荣华的确是珍贵的,但死后一无所得,且如此凄凉,也实在可怜可悲。

【译文】

登上高高百尺楼,

清晰可见远四方。
夜间云聚栖其内，
白日鸟集作厅堂。
远处山河尽在目，
平原一片渺茫茫。
古时热恋功名者，
慷慨争逐在此场。
一旦丧身离人世，
结局一样葬北邙。
墓边松柏被人伐，
坟墓高低甚凄凉。
无主墓基已毁坏，
谁知魂魄在何方？
生前名利实可贵，
如此凄凉堪悲伤！

拟古九首其五[①]

东方有一士，被服常不完[②]。
三旬九遇食，十年著一冠[③]。
辛苦无此比，常有好容颜[④]。
我欲观其人，晨去越河关[⑤]。
青松夹路生，白云宿檐端[⑥]。
知我故来意[⑦]，取琴为我弹。
上弦惊别鹤，下弦操孤鸾[⑧]。
愿留就君住，从今至岁寒[⑨]。

【注释】

①这首诗托言东方隐士，实则是诗人自咏，借以表示自己平生固穷守节的意志。

②被服：所穿的衣服。被，同“披”。不完：不完整，即破烂。

③三旬九遇食：三十天吃九顿饭。《说苑·立节》：“子思居卫，贫甚，三旬而九食。”著：戴。冠：帽子。

④好容颜：愉悦的面容，这里有乐贫之意。

⑤观其人：访问他。越河关：渡河越关。

⑥这两句写东方隐士的居处，在青松白云之间，形容高洁。

⑦故来意：特地来的意思。

⑧上弦、下弦：指前曲、后曲。别鹤：即《别鹤操》，古琴曲名，声悲凄。孤鸾：即《双凤离鸾》，汉琴曲名。这两句所举琴曲，意在比喻隐士孤高的节操。

⑨就君住：到你那里一起住。至岁寒：直到寒冷的冬天，这里是喻坚持晚节。《论语·子罕》：“岁寒，然后知松柏之后调也。”

【译文】

东方有位隐居士，
身上衣服常破烂。

一月才吃九顿饭，
十年总戴一顶冠。
辛勤劳苦无人比，
和悦面容乐贫寒。
我欲前行访问他，
清晨出户越河关。
青松生长路两边，
缭绕白云在檐间。
知我特地前来意，
取琴为我来轻弹。
先弹凄怨别鹤操，
又奏高洁曲孤鸾。
我愿长留伴君住，
从今直到岁暮寒。

拟古九首其六[1]

苍苍谷中树，冬夏常如兹[2]。
年年见霜雪，谁谓不知时[3]。
厌闻世上语，结友到临淄[4]。
稷下多谈士，指彼决吾疑[5]。
装束既有日[6]，已与家人辞。
行行停出门，还坐更自思[7]。
不怨道里长，但畏人我欺[8]。
万一不合意，永为世笑嗤[9]。
伊怀难具道，为君作此诗[10]。

【注释】

①这首诗以谷中青松自喻，表现坚贞不渝的意志。尽管诗中流露出犹豫彷徨的矛盾复杂心理，但仍决意不为流言所惑，不受世俗之欺，所以写诗以明志。

②苍苍：深青色，犹言“青青”。树：指松柏。常如兹：总是这样，谓郁郁葱葱，不凋零。

③时：季节的变化，暗指时世。以上四句起兴，以松柏的坚贞自喻。

④世上语：泛指世俗流言。临淄：地名，战国时齐国国都，在今山东省。

⑤稷下：古地名，战国齐都临淄城稷门（西边南首门）附近地区。齐宣王招集文学、学术之士在此讲学。《史记·田敬仲完世家》：“齐宣王时，稷下学士复盛。”集解引刘向《别录》：“齐有稷门，城门也。谈说之士，期会于稷下也。”又《史记·孟子荀卿列传》：“齐之稷下，如淳于髡、慎到，环渊、田骈、邹奭之属，各著书言治乱之事，以干世主。”谈士：善于言谈论辩之人，指稷下之士。谓这些人善空谈而不耐霜雪的考验。指彼：指望他们。决吾疑：解决我的疑问。

⑥装束：整备行装。既有日：已经有好几日。

⑦这两句写临行时又徘徊不前，犹豫再三，表示内心复杂矛盾的状态。

⑧道里：道路里程，即路程。人我欺：即人欺我。人，指“谈士”。

⑨不合意：见解不同。嗤：讥笑。逯本作“之”，今从焦本改。

⑩伊：此。难具道：难以详细地讲出来。君：泛指读者。

【译文】

葱郁苍青山谷树，
冬天夏日常如此。
年年经历霜和雪，
更变四时岂不知？
已厌听闻世上语，
交结新友去临淄。
齐国稷下多谈士，
指望他们解我疑。
备好行装已数日，
且同家属告别离。
欲行又止心犹豫，
还坐重新再三思。
不怕此行道路远，
担心谈士会相欺。
万一相互不合意，
永远为人所笑嗤。
心内之情难尽诉，
为君写下这歌诗。

拟古九首其七[1]

日暮天无云，春风扇微和[2]。
佳人美清夜，达曙酣且歌[3]。
歌竟长太息，持此感人多[4]。
皎皎云间月，灼灼叶中华[5]。
岂无一时好，不久当如何[6]！

【注释】

①这首诗以比兴的手法，感叹好景不长、青春易逝的悲哀。佳人酣歌，终将衰老；明月皎皎，将为云掩；灼灼叶花，终将凋零，所以诗人也不免自伤暮年之至。

②扇：轻吹。微和：微微的和暖之风。

③美：赞，喜爱。清夜：良夜。达曙：直到天明。酣：畅饮。

④歌竟：歌罢，唱完。持：凭，"念"的意思。此：指上四句的内容。

⑤灼灼：鲜艳灿烂的样子。华：同"花"。

⑥一时好：暂时的美好。不久：不长久。

【译文】

日暮长天无纤云，
春风微送气温和。
佳人喜爱清澄夜，
到晓酒酣欢唱歌。
歌罢凄然长叹息，
此情此景感伤多。
皎洁明月在云间，
绿叶之中鲜艳花。
虽有一时风景好，
好景不长当奈何！

拟古九首其八[1]

少时壮且厉,抚剑独行游[2]。
谁言行游近?张掖至幽州[3]。
饥食首阳薇,渴饮易水流[4]。
不见相知人,惟见古时丘[5]。
路边两高坟,伯牙与庄周[6]。
此士[7]难再得,吾行欲何求?

【注释】

①这首诗假托自己少年之时仗剑远游、寻觅知音而不得的经历,抒发了深沉的愤世之情。

②壮且厉:身体强壮,性情刚烈。抚:持。独行游:只身远游。

③张掖:地名,在今甘肃省,古代西部边陲之地。幽州:地名,在今河北省东北部,古代北方边陲之地。

④饥食首阳薇:用伯夷、叔齐事。易水:水名,源出河北易县。荆苛为燕太子丹刺秦王,至易水上,高渐离击筑,荆轲慷慨悲歌:"风萧萧兮易水寒,壮士一去兮不复还。"

⑤相知人:知己的人,即知音。这里指伯夷、叔齐、荆轲等人。丘:指坟墓。

⑥伯牙:俞伯牙,善弹琴,与钟子期为知音。庄周:即庄子,战国时的思想家。《庄子·徐无鬼》说,庄子送葬,过惠施之墓,说:"自夫子之死也,吾无以为质(指论辩的对手)矣,吾无与言之矣。"是说惠施死后,再也没有人能理解我而同我论辩了。

⑦此士:这些人,指上述的伯夷、叔齐、荆轲、伯牙、庄周等人。

【译文】

少时健壮性刚烈,
持剑只身去远游。

谁讲此行游不远？
我从张掖到幽州。
饥食野菜学夷叔，
口渴便喝易水流。
不见心中知音者，
但见古时荒墓丘。
路边两座高坟墓，
乃葬伯牙与庄周。
贤士知音难再得，
远游还想何所求？

拟古九首其九[①]

种桑长江边,三年望当采[②]。
枝条始欲茂,忽值山河改[③]。
柯叶自摧折,根株浮沧海[④]。
春蚕既无食,寒衣欲谁待[⑤]?
本不植高原,今日复何悔[⑥]!

【注释】

①这首诗具有明显的政治寓意。诗人以桑喻晋,言晋恭帝为刘裕所立,犹如"种桑长江边",植根不固,依非其人,最终是山河改变,自取灭亡。

②种桑长江边:喻恭帝为刘裕所立,终受其祸。桑:暗指晋。西晋初,人们曾以桑作为晋朝的祥瑞之物。傅咸《桑树赋》序文说:"世祖昔为中垒将,于直庐种桑一株,迄今三十余年,其茂盛不衰。"又赋中说:"惟皇晋之基命,爰于斯而发祥。"此外,陆机《桑赋》、潘尼《桑树赋》亦皆咏皇晋兴起之端。陶诗句意本此而引申指晋恭帝。三年望当采:三年后希望能采桑叶。喻言晋恭帝既已继位三年,应当做出些成绩。

③忽值:忽然遇到。山河改:山川河流的变迁,喻刘宋更替司马氏晋朝。

④柯:树枝。株:树干。沧海:指东海。

⑤无食:无桑叶可食。欲谁待:即"欲待谁",指望靠谁来吐丝做棉衣。

⑥本:植物的根,这里指桑根。植:种,栽植。这两句是说,桑树本应植根于高原,却被种在长江边,自取毁灭,现在后悔又有何用。

【译文】

种植桑树在江边,
指望三年叶可采。
枝叶长出将茂盛,
忽然遇到山河改。
树枝树叶被摧折,

树干树根浮大海。
春蚕无叶不得食，
无茧寒衣哪里来？
不把根植在高原，
如今后悔亦无奈！

杂诗十二首其一[①]

人生无根蒂,飘如陌上尘[②]。
分散逐风转,此已非常[③]身。
落地为兄弟,何必骨肉亲[④]!
得欢当作乐,斗酒聚比邻[⑤]。
盛年[⑥]不重来,一日难再晨。
及时当勉励,岁月不待[⑦]人。

【注释】

①这首诗慨叹光阴易逝、人生无常,所以告诫人们,在短暂的人生之中,应相亲相爱、及时行乐、努力做人。

②蒂:花或瓜果跟枝茎相连的部分。陌:田间小路,东西为陌,这里泛指道路。

③常:永恒不变。

④落地:降生,一生下来。为兄弟:语本《论语·颜渊》:"四海之内,皆兄弟也。"

⑤聚:招集。比邻:近邻。

⑥盛年:壮年。

⑦待:等待。

【译文】

人生像是无根蒂,
飘荡犹如陌上尘。
聚散随风无定处,
此生不是永恒身。
人来世上皆兄弟,
何必骨肉才相亲!
得欢不妨及时乐,

有酒招来左右邻。
壮年一去不重来，
一日之中无两晨。
抓紧时间自努力，
从来岁月不待人！

杂诗十二首其二[①]

白日沦西阿，素月出东岭[②]。
遥遥万里辉，荡荡空中景[③]。
风来入房户，夜中枕席冷[④]。
气变悟时易，不眠知夕永[⑤]。
欲言无予和，挥杯劝孤影[⑥]。
日月掷人去，有志不获骋[⑦]。
念此怀悲凄，终晓不能静[⑧]。

【注释】

①这首诗写秋夜之景与凄凉的感思，“日月掷人去，有志不获骋”是诗人孤独苦闷、心怀悲凄的原因所在。

②沦：沉，落。西阿：西山。阿：大的丘陵，逯本阿作“河”，今从何校宣和本、陶本改。素月：皓月，皎洁的月亮。

③辉：逯本作“晖”，今从李本、曾本、焦本改。荡荡：空旷广远的样子。景：同“影”，指月光。

④户：门。夜中：即夜半。

⑤气变：气候的变化。悟：意识到。时易：时节改变。时：指时令，节气。永：长。

⑥无予和：即“无和予”，没有人同我相交谈。挥杯：举杯。

⑦掷：抛弃。不获骋：不得施展。

⑧终晓：彻夜，通宵达旦。不能静：指心情不能平静。

【译文】

夕阳沉落下西山，
皓月渐升出东岭。
万里遥遥洒清辉，
空中旷荡明夜景。

寒风吹入房门内，
夜半便觉席枕冷。
风冷才知节气变，
失眠方晓秋夜永。
欲言无有人交谈，
举起酒杯劝孤影。
日月匆匆弃人去，
平生有志却难成。
念及此事怀悲凄，
彻夜心中不平静。

杂诗十二首其三①

荣华难久居,盛衰不可量②。
昔为三春蕖,今作秋莲房③。
严霜结野草,枯悴未遽央④。
日月还复周,我去不再阳⑤。
眷眷往昔时,忆此断人肠⑥。

【注释】

①这首诗写人生易逝的悲哀。草木枯萎可以再生,日月没去可以转还,人死之后却不会再生,因此诗人深深地眷念着青春时代的美好时光。

②荣华:植物的花。屈原《离骚》:"及荣华之未落兮,相下女之可诒。"居:停留。量:估量。

③三春:春季三个月。蕖:芙蕖,即荷花。莲房:莲蓬。

④严霜:浓霜。结:凝结。枯悴:枯萎憔悴。遽:立刻,马上。央:尽,指枯死。

⑤还复周:循环往复。不再阳:不再生。《庄子·齐物论》:"近死之心,不可复阳也。"《经典释文》:"阳,谓生也。"

⑥眷眷:依恋不舍的样子。断人肠:形容极度痛苦。

【译文】

荣华艳丽不长久,
繁盛衰颓难估量。
往日春天三月花,
如今秋日作莲房。
浓霜凝聚野荒草,
枯萎衰黄未尽亡。
日月运行往复还,
我身逝去不返阳。
眷怀往日好时光,
念此哀伤似断肠。

杂诗十二首其四[1]

丈夫志四海，我愿不知老[2]。
亲戚共一处，子孙还相保[3]。
觞弦肆朝日，樽中酒不燥[4]。
缓带[5]尽欢娱，起晚眠常早。
孰若当世士，冰炭满怀抱[6]。
百年归丘垄，用此空名道[7]！

【注释】

①由于"有志不获骋"，诗人也只得退而求自乐，这首诗便写隐居安处的自得之乐，同时对那些贪利求名的"当世士"表示鄙视。

②志四海：志在四方，谓志向远大。不知老：不知老之将至。语本《论语·述而》："其为人也，发愤忘忧，不知老之将至云尔。"

③相保：相互爱护，相互依靠。

④觞弦：代指饮酒与奏乐歌唱。肆：陈列，谓摆在面前。朝日：当作"朝夕"，指终日。樽：酒杯。燥：干燥。

⑤缓带：放松束带，谓无拘无束。《晋书·隐逸传》：陶渊明为彭泽令，时"郡遣督邮至县，吏白应束带见之"，而渊明辞归，所以以缓带为愿。

⑥孰若：哪像。冰炭：比喻贪和求名两种相互矛盾的思想。《淮南子·齐俗训》："贪禄者见利不顾身，而好名者非义不苟得，此相为论，譬若冰炭钩绳也，何时而合？"

⑦丘垄：指坟墓。道：同"导"，引导。

【译文】

丈夫有志在四海，
我愿不知将老年。
和睦亲戚相共处，
子孙孝敬保平安。

面前琴酒终日列，
杯里从来酒不干。
松带尽情娱乐欢，
晚间早睡晨起晚。
谁像当今世上人，
满怀名利若冰炭。
身亡同样归坟墓，
用此空名导向前！

杂诗十二首其五①

忆我少壮时,无乐自欣豫②。
猛志逸四海,骞翮思远翥③。
荏苒岁月颓,此心稍已去④。
值欢无复娱,每每多忧虑⑤。
气力渐衰损,转觉日不如⑥。
壑舟无须臾,引我不得住⑦。
前涂当几许?未知止泊处⑧。
古人惜寸阴⑨,念此使人惧。

【注释】

①这首诗首先回忆自己少壮之时的宏伟志向和乐观情绪,充满勃勃的生机;但是随着时光的流逝,诗人感到不仅气力渐衰、日觉不如,而且昔日的猛志已经减退,内心充满许多忧虑。眼见光阴荏苒,却又一事无成,更使诗人忧惧无限。

②无乐自欣豫:没有遇到值得高兴的事情,内心也自然欢喜。欣豫:欣喜,愉快。

③猛志:谓雄心壮志。逸:奔驰,超越。骞:高举,飞起。翮:羽翼。远翥:远飞。

④荏苒:时光渐渐过去。岁月颓:时光消逝。此心:指“无乐自欣豫”和“猛志逸四海”。

⑤值欢无复娱:与“无乐自欣豫”相对应,是说遇到值得高兴的事情,内心也不感到愉快。每每:经常。

⑥日不如:一天不如一天。

⑦壑舟:《庄子·大宗师》:“夫藏舟于壑,藏山于泽,谓之固矣;然而夜半,有力者负之而走,昧者不知也。”比喻事物在不断变化,不可以固守。陶诗借用此典故,是比喻不断流逝的时间。须臾:片刻。住:停留。

⑧涂:同“途”。几许:几多,多少。止泊处:停船的地方,这里指人生的归宿。

⑨惜寸阴:珍惜短暂的时间。《淮南子·原道训》:“故圣人不贵尺之璧,而重寸之阴,时难得而易失也。”阴:指日影,光阴。

【译文】

忆我当年少壮时,
虽无乐事自欢娱。
胸怀壮志超四海,
展翅高飞思远去。
岁月渐移光阴逝,
当年心志日消除。
虽逢乐事难欢快,
每每心中多忧虑。
气力渐觉在减退,
我身已感日不如。
自然总在变化中,
使我不得停脚步。
未卜前程有多少,
谁知归宿在何处。
古人珍惜寸光阴,
念此使人心恐惧。

杂诗十二首其六[①]

昔闻长者言[②],掩耳每不喜。
奈何五十年,忽已亲此事[③]。
求我盛年欢,一毫无复意[④]。
去去转欲远,此生岂再值[⑤]。
倾家持作乐,竟此岁月驰[⑥]。
有子不留金,何用身后置[⑦]!

【注释】

①这首诗以盛年之欢同眼下状况相比较,深感岁月不饶人,且所剩时光不多,此生难再,当及时行乐。

②长者言:指老人回忆往事。语本陆机《叹逝赋》序:“昔每闻长老追计平生,同时亲故,或凋落已尽,或仅有存者。”

③亲此事:亲身经历这种事情。指上引“同时亲故,或凋落已尽,或仅有存者”。

④一毫无复意:即“无复一毫意”,是说不再有丝毫那样欢乐的心境了。

⑤值:遇到。

⑥倾家:倾尽家中所有的财物。竟:完,了结。

⑦有子不留金:无需为子孙留下金钱买田买屋。此用汉代疏广事,《汉书·疏广传》载:疏广官至太傅,后辞归乡里,以所受金每日设宴款待亲朋。别人劝他留些钱为子孙置田产,他说:“吾岂老悖不念子孙哉!顾自有旧田庐,令子孙勤力其中,足以供衣食,与凡人齐。今复增益之以为盈余,但教子孙怠惰耳。贤而多财,则损其志;愚而多财,则益其过。且夫富者,众人之怨也;吾既亡以教化子孙,不欲益其过而生怨。”身后置:为身后安置。

【译文】

昔闻老者忆平生,
常捂耳朵不喜听。

无奈我今五十岁，
忽然亲将此事经。
求我盛年时欢乐，
竟已丝毫无性情。
日月匆匆光阴快，
岂能再有当年景！
倾尽家财持作乐，
剩余岁月了此生。
无需为子留金钱，
岂用为死去经营！

杂诗十二首其七[①]

日月不肯迟,四时相催迫[②]。
寒风拂枯条,落叶掩长陌[③]。
弱质与运颓,玄鬓早已白[④]。
素标插人头,前涂渐就窄[⑤]。
家为逆旅舍[⑥],我如当去客。
去去欲何之? 南山有旧宅[⑦]。

【注释】

①这首诗自叹衰老,行将就木,然而诗人却能以视死如归的态度对待人生,表现出其“不喜亦不惧”的达观精神。

②迟:缓行,放慢速度。四时:四季。

③掩:遮盖,铺满。长陌:田间小路,东西为陌。

④弱质:虚弱的体质,作者自指。与运颓:同时运一道在减损、消耗。玄:黑。

⑤素标:白色的标记,指白发。就:趋,归。

⑥逆旅舍:接待客人的旅店。逆:迎。《列子·仲尼篇》:“处吾之家,如逆旅之舍。”《古诗十九首》之三:“人生天地间,忽如远行客。”《文选》卷二九李善注:“老莱子曰:‘人生于天地之间,寄也。寄者故归。’列子曰:‘死人为归人,则生人为行人矣。’《韩诗外传》曰:‘枯鱼衔索,几何不蠹? 二亲之寿,忽如过客。’”

⑦之:往。南山:指庐山。旧宅:指陶氏墓地。作者在《自祭文》中说:“陶子将辞逆旅之馆,永归于本宅。”

【译文】

日月如梭不缓慢,
四时相催不停步。
寒风吹动枯枝条,

落叶覆遮满道路。
弱质时运共减损，
黑发早白已满头。
白色标记在头上，
当知日暮渐穷途。
家似迎宾之旅店，
我如过客将行去。
前行将要去何方？
南山陶氏旧坟墓。

杂诗十二首其八[①]

代耕本非望，所业在田桑[②]。
躬亲未曾替，寒馁常糟糠[③]。
岂期过满腹？但愿饱粳粮[④]。
御冬足大布，粗絺以应阳[⑤]。
正尔[⑥]不能得，哀哉亦可伤。
人皆尽获宜，拙生失其方[⑦]。
理也可奈何，且为陶[⑧]一觞。

【注释】

①这首诗自言努力躬耕，却常常饥寒交迫，只能依靠糟糠、粗布充饥、御寒，勉强度日。顾念自身如此勤苦，而"人皆尽获益"，于理实在不通。无可奈何，只有借酒浇愁，抚慰内心的愤愤不平。

②代耕：以官俸代替种田的收入，指当官食俸禄。《孟子·万章》："下士与庶人在官者同禄，禄足以代其耕也。"又《礼记·王制》："诸侯之下士，视上农夫，禄足以代其耕也。"所业：所做的事。田桑：耕种田地，植桑养蚕，泛指农业劳动。

③躬亲：亲自，指亲自参加农业劳动。替：废，停止。馁：饥饿。糟糠：酒糟和谷糠，指粗劣的食物。

④过满腹：吃得过饱，指超过最低的生活需要。《庄子·逍遥游》："偃鼠饮河，不过满腹。"粳：粳稻，大米。

⑤御冬：抵御冬寒。大布：粗布。絺：葛布。应：遮挡。阳：指夏日骄阳。

⑥正：纵然，即使。尔：这，指粳粮、粗布。

⑦尽获宜：都各得其宜，即各得其所。拙生：拙于生计。方：办法。

⑧陶：乐。

【译文】

做官食俸非我愿，

耕作植桑是本行。
我自躬耕未曾止，
饥寒常至食糟糠。
饮食岂敢存奢望，
但愿饱食吃细粮。
粗布以足冬御寒，
夏天葛布遮骄阳。
纵然这些也难得，
实在令人心哀伤。
他人皆已得其所，
我性笨拙无好方。
天理不通没奈何，
举杯痛饮将忧忘。

杂诗十二首其九[1]

遥遥从羁役,一心处两端[2]。

掩泪泛东逝,顺流追时迁[3]。

日没星与昴,势翳西山巅[4]。

萧条隔天涯,惆怅念常餐[5]。

慷慨思南归,路遐无由缘[6]。

关梁难亏替,绝音寄斯篇[7]。

【注释】

①这首诗写羁旅行役之苦和眷念家乡之情。

②羁役:羁旅行役,指出仕在外。一心处两端:身在仕途心在家中。

③泛东逝:乘船向东行驶。泛:船行水上。追时迁:追逐时光的流逝,指船行很快。

④日没:太阳落山。星与昴:二十八宿之二宿,星宿与昴宿,这里泛指星空。势:指星座。翳:遮蔽,这里是隐没的意思,以星座的移动暗示船行之速。

⑤常餐:指平时家居的饮食。

⑥慷慨:意气激昂。遐:远。无由缘:没有理由。

⑦关梁:关卡和桥梁。亏替:废止,废除,指难以逾越。绝音:指与家人音信不通。寄:寄托情怀。斯篇:这首诗。

【译文】

羁旅行役赴远道,

身行在外心飞还。

掩泪乘船向东去,

顺流而下赶时间。

日落空中星宿现,

星宿忽隐西山巅。

荒凉寂寞家万里，
惆怅思家平日餐。
激荡情怀欲南归，
路途遥远难实现。
桥梁关卡阻路途，
言信断绝寄此篇。

杂诗十二首其十①

闲居执荡志，时驶不可稽②。
驱役无停息，轩裳逝东崖③。
沉阴拟薰麝④，寒气激我怀。
岁月有常御，我来淹已弥⑤。
慷慨忆绸缪⑥，此情久已离。
荏苒经十载⑦，暂为人所羁。
庭宇翳余木，倏忽日月亏⑧。

【注释】

①这首诗仍表现"一心处两端"的痛苦心境。出仕行役，为人所羁，身不由己，岂如闲居时那般放任不羁、自由自在。所以诗人身在仕途、心早归还，其中寄寓着深沉的感慨。

②执：持有，指禀性。荡志：放任不羁的心志。时驶：时光逝去。稽：留。

③轩裳：即车。轩：古代一种供大夫以上乘坐的轻便车。裳，指车帷。逝：往、去。东崖：地名，诗人此行所去之处。

④沉阴拟薰麝：逯本作"泛舟拟董司"，诸本皆作"沉阴拟薰麝"，今从后者。拟：似，像是。薰麝：熏燃麝香。这句是说，天气阴沉，像是熏染麝香般浓烟弥漫。

⑤御：驾驶车马，这里比喻时间的流逝。淹：淹留，长期居留，指出仕为宦。弥：指期满。

⑥绸缪：犹缠绵，情意深厚的样子。

⑦荏苒：时间不知不觉地过去。十载：陶渊明从二十九岁开始出仕为江州祭酒，到写此诗的时间为十年。

⑧庭宇：庭院和屋檐。翳：遮盖。余木：很多树木。倏忽：忽忽，转眼之间。日月：指时光。亏：损耗。

【译文】

闲散之时多自由，

光阴逝去却难留。
如今驱使总行役，
眼下乘车东崖走。
天气阴沉似薰麝，
气寒激荡我怀忧。
日月运行有常规，
我来留滞岁月悠。
慷慨忆昔情意厚，
此情离我已很久。
忽忽度过十年整，
暂且为人忙不休。
忆我庭宇多树荫，
不觉岁月似奔流。

杂诗十二首其十一[1]

我行未云远，回顾惨风凉[2]。
春燕应节起，高飞拂尘梁[3]。
边雁悲无所，代谢归北乡[4]。
离鹍[5]鸣清池，涉暑经秋霜。
愁人[6]难为辞，遥遥春夜长。

【注释】

①这首诗通过对春景的描绘，表现思念家乡的情怀。

②行：指行役。云：语助词，无意义。惨风：悲凉之风。

③应节：按照季节。起：指飞来。尘梁：落满灰尘的屋梁。

④边雁：边疆的大雁。无所：无处所，没有停留之处。代谢：更迭，交替，指一群接着一群，陆陆续续。

⑤离鹍：离群的鹍鸡。鹍鸡，似鹤之鸟。

⑥愁人：诗人自指。

【译文】

此行离去家不远，
回顾悲凄风正凉。
春燕依时已返家，
高飞恋恋绕屋梁。
悲哀大雁无居处，
陆续北飞归故乡。
落落鹍鸡鸣清池，
历经夏暑与秋霜。
我今惆怅言难尽，
漫漫煎熬春夜长。

杂诗十二首其十二[①]

袅袅松标崖,婉娈柔童子[②]。
年始三五间,乔柯何可倚[③]。
养色含津气,粲然有心理[④]。

【注释】

①这首诗借咏幼松以喻童子,幼松培育得当,便可成材,童子也是如此,寓有把希望寄托于新生后辈之意。

②袅袅:摇曳,纤长柔美的样子。标:树梢。崖:逯本作“雀”,各本均作“崖”,今从后者。婉娈:年少而美好的样子。柔:柔美。

③三五:指十五岁。乔柯:高大的树枝。

④色:神色,精神。津气:津液精气。《素问·调经论》:“人有精气津液。”粲然:鲜明的样子。心理:神理,谓有神气。

【译文】

松梢摇曳在山崖,
恰似弱柔美少年。
年少大约十五岁,
高枝尚嫩不能攀。
保持生气细培养,
光粲有神可参天。

咏贫士七首其一①

万族各有托，孤云独无依②。
暧暧空中灭，何时见余晖③？
朝霞开宿雾，众鸟相与飞④。
迟迟出林翮，未夕复来归⑤。
量力守故辙，岂不寒与饥⑥？
知音苟不存，已矣何所悲⑦！

【注释】

①这首诗以孤云、独鸟自况，象征着诗人孤独无依的处境和命运，表现出诗人守志不阿的高洁志趣。

②万族：万物。族：品类。托：依托，依靠。孤云：象征高洁的贫士，诗人自喻。

③暧暧：昏暗不明的样子。余晖：留下的光辉。此句喻东晋灭亡。

④朝霞开宿雾：朝霞驱散了夜雾，喻刘宋代晋。众鸟相与飞：喻众多趋炎附势之人依附新宋政权。相与：结伴。

⑤翮：羽翼，代指孤鸟，喻贫士，即诗人自指。这句诗人自喻勉强出仕。未夕复来归：天未黑时又飞了回来。喻诗人辞官归隐。

⑥量力：根据自己的能力，犹尽力。守故辙：坚持走旧道，指前人安守贫贱之道。

⑦苟：如果。已矣：犹算了吧。

【译文】

万物各皆有倚靠，
孤云飘荡独无依。
昏昏消散灭空中，
何日才能见光辉？

朝霞驱散夜间雾，
众鸟匆匆结伴飞。
孤鸟迟迟出树林，
太阳未落又飞归。
量力而行守旧道，
哪能不苦受寒饥？
知音如果不存在，
万事皆休何必悲！

咏贫士七首其二[1]

凄厉岁云暮，拥褐曝前轩[2]。
南圃无遗秀，枯条盈北园[3]。
倾壶绝余沥，窥灶不见烟[4]。
诗书塞座外，日昃不遑研[5]。
闲居非陈厄，窃有愠见言[6]。
何以慰吾怀？赖古多此贤[7]。

【注释】

①这首诗与第一首都是这组诗的概括，前一首自叹孤独，世无知音；这一首自咏贫居之状，并向古代寻求知音，以安慰自己的精神。

②凄厉：凄凉寒冷。云：语助词，无意义。拥褐：围裹着粗布短衣。曝：晒。轩：有窗槛的长廊或小室。

③圃：种植蔬菜瓜果的园子，即菜园。秀：指菜苗。盈：满。

④余沥：指剩下的残酒。沥，液体的点滴。《史记·滑稽列传》："侍酒于前，时赐余沥。"窥：看。

⑤昃：太阳西斜。遑：闲暇。研：研读。

⑥陈厄：在陈国受困。事见《论语·卫灵公》：孔子"在陈绝粮，从者病，莫能兴。子路愠见曰：'君子亦有穷乎？'子曰：'君子固穷，小人穷斯滥矣。'"厄：困苦，危难。窃：谦指自己的意见。愠：含怒，怨恨。

⑦怀：内心。贤：贤士，指安贫乐道的古代贫士。

【译文】

寒冷凄凉已岁末，
裹衣晒暖在廊前。
南园不剩可食菜，
枯萎枝条满北园。

壶内未余一滴酒，
灶炉不见有火烟。
诗书堆满在身边，
过午腹饥没空看。
我与孔丘困陈异，
心中不免有怨言。
如何安慰我心情？
幸赖古时多圣贤。

咏贫士七首其三[①]

荣叟老带索[②],欣然方弹琴。
原生纳决履,清歌畅商音[③]。
重华去我久,贫士世相寻[④]。
弊襟不掩肘,黎羹常乏斟[⑤]。
岂忘袭轻裘?苟得非所钦[⑥]。
赐也徒善辩,乃不见吾心[⑦]。

【注释】

①这首诗歌咏古代贫士荣启期和原宪的安贫乐道,表现了诗人安于贫居、不慕富贵的高尚品质。

②荣叟:指荣启期,春秋时隐士。叟,对老人的称呼。老:年老。带索:以绳索为衣带。

③原生:指原宪,字子思。孔子弟子。原宪清静守节,贫而乐道。《韩诗外传》载:原宪居鲁国时,一次子贡去看他,他出来接见时,穿着破衣服和裂开口的鞋子,“振襟则时见,纳履则堕决”。子贡问他为什么会这样?原宪回答:宪贫也,非病也。仁义之匿,车马之节,宪不忍为也。讥笑了子贡的华丽车马装饰,“子贡惭,不辞而去。宪乃徐步曳杖,歌《商颂》而返。声论于天地,如出金石”。纳:穿。决履:坏裂的鞋子。清歌:清新、清亮的歌曲。商音:曲名,指原宪所唱的《商颂》之曲。

④重华:虞舜名。相传尧舜时代,圣人治世,天下太平,无贫穷之人。《庄子·秋水》:“当尧舜而天下无穷人。”去:离。相寻:相继,不断。

⑤弊襟:破衣。襟:上衣前襟,代指衣服。黎羹:野菜汤。黎:植物名。一年生草本,亦称“灰菜”,嫩叶可食。斟:“糂”的借用字,以米和羹。《墨子·非儒》:“孔丘穷于蔡陈之间,藜羹不糂。”《吕览》引作“斟”。《说文》:“糂,以米和羹也。古文糂从参。”

⑥袭:衣上加衣,即穿、披。轻裘:轻暖的毛皮衣。苟得:不义而得,非正

道的获取。《论语·述而》:“不义而富且贵,于我如浮云。”

⑦赐:即子贡,姓端木,名赐,字子贡。孔子弟子。徒:徒然,只会。善辩:善于巧辩。《史记·仲尼弟子列传》:“子贡利口巧辞,孔子常黜其辩。”《论语·子罕》记子贡劝孔子出仕的话说:“有美玉于斯,韫椟而藏诸?求善贾而沽诸?”子曰:“沽之哉!沽之哉!我待贾者也。”意思是,子贡说:假设这里有一块美玉,是把它放在匣子里藏起来呢?还是找一个识货的商人卖掉呢?孔子说:卖掉,卖掉!我是在等待识货者哩。“善辩”当指此。乃不见吾心:意谓自己隐居不仕的决心是不可以为劝说所动摇的。

【译文】

荣叟老年绳作带,
依然欢乐把琴弹。
子思脚下鞋开绽,
商颂清扬歌唱欢。
虞舜清平离我远,
世间贫士常出现。
衣衫破烂不遮体,
野菜汤中无米添。
谁不想穿轻暖裘?
得非正道我不羡。
子贡徒然善巧辩,
无人理解我心愿。

咏贫士七首其四[①]

安贫守贱者,自古有黔娄[②]。
好爵吾不萦,厚馈吾不酬[③]。
一旦寿命尽,弊服仍不周[④]。
岂不知其极?非道故无忧[⑤]。
从来将千载,未复见斯俦[⑥]。
朝与仁义生,夕死复何求[⑦]?

【注释】

①这首诗咏赞古代贫士黔娄,借以表现诗人安贫守道的节操。

②黔娄:战国时齐国的隐士。齐、鲁的国君请他出来做官,他总不肯。家中甚贫,死时衾不蔽体。他的妻子和他一样"乐贫行道"。见刘向《列女传》、皇甫谧《高士传》。

③好爵:指高官。不萦:不系恋于心。厚馈:丰厚的馈赠。不酬:不理睬、不接受。酬:应对。《高士传》说:黔娄"修身清洁,不求进于诸侯,鲁恭公闻其贤,遣使致礼,赐粟三千钟,欲以为相,辞不受。齐王又礼之,以黄金百斤聘为卿,又不就。"

④弊服仍不周:破衣被盖不住尸身。《列女传·黔娄妻传》:黔娄死,"曾子与门人往吊之。其妻出户,曾子吊之。上堂,见先生之尸在牖下,枕墼席槁,组袍不表。覆以布被,手足不尽敛,覆头则足见,覆足则头见。"

⑤极:指穷困到了极点。非道故无忧:与道无关的事情是不值得忧虑的。此句化用《论语·卫灵公》"君子忧道不忧贫"句意,谓不为贫穷而忧虑。

⑥从来:从此以后,指自黔娄死后。复:再。斯俦:这类人物。俦:类。

⑦此两句用《论语·里仁》"朝闻道,夕死可矣"之意,表示安贫守道的决心至死不渝。

【译文】

安于贫贱守道者，
自古黔娄为典范。
其心不恋高官位，
丰厚赠金他不羡。
一旦命终离世间，
破衣难把身遮全。
哪能不晓极贫寒？
与道无关不忧烦。
从那以来近千载，
世间不再有高贤。
早晨能与道同生，
晚上即亡无所憾。

咏贫士七首其五①

袁安困积雪,邈然不可干②。
阮公③见钱入,即日弃其官。
刍藁有常温,采莒足朝餐④。
岂不实辛苦?所惧非饥寒⑤。
贫富常交战,道胜无戚颜⑥。
至德冠邦闾,清节映西关⑦。

【注释】

①这首诗咏赞贫士袁安与阮公,表彰清尚廉洁、安贫守道的节操。

②袁安:字邵公,后汉汝南妆阳(今河南省商水县西北)人。家甚贫。《汝南先贤传》载,时袁安客居洛阳,值大雪,"洛阳令自出案行,见人家皆除雪出,有乞食者。至袁安门,无有行路。谓安已死,令人除雪入户,见安僵卧。问何以不出。安曰:'大雪人皆饿,不宜干人。'令以为贤,举为孝廉。"邈然:本义是遥远貌,这里形容安详的情态。干:求取。

③阮公:其人其事未详。按诗句意,阮公本为官,当有人向他行贿时,他当天就辞去了官职。

④刍藁:喂牲口的干草。藁同"稿",谷类植物的茎秆。温:指取暖,穷人无被眠,睡在干草上取暖,故曰"有常温"。莒:植物名,古代齐人称芋为芑。

⑤所惧非饥寒:意谓所惧在改变节操。

⑥贫富常交战:安贫与求富两种思想在内心产生斗争。《韩非子》:"子夏曰:'吾入见先王之义,出见富贵,二者交战于胸,故臞;今见先王之义战胜,故肥也。'"道胜:道义取胜,指安贫乐道之义。戚颜:忧愁的脸色。

⑦至德:最高尚的品德。冠邦闾:名冠家乡。邦:国。闾:古代二十五家为一闾,指乡里。这一句评袁安。情节:清风亮节。映:照,辉映。西关:地名,当指阮公故里。

【译文】

袁安贫困阻积雪，
不去乞求心地安。
阮公见人来贿赂，
当日弃官归家园。
干草当床可取暖，
采芋足以充早餐。
岂不实在太辛苦？
忧虑变节非饥寒。
贫富二心常交战，
道义得胜带笑颜。
袁安德行成楷模，
阮公廉洁映西关。

咏贫士七首其六[1]

仲蔚爱穷居，绕宅生蒿蓬[2]。
翳然绝交游，赋诗颇能工[3]。
举世无知者，止有一刘龚[4]。
此士胡独然？实由罕所同[5]。
介焉安其业，所乐非穷通[6]。
人事固以拙，聊得长相从[7]。

【注释】

①这首诗咏赞东汉隐士张仲蔚。诗人与张仲蔚的性情、爱好、志向大致相同，算是真正的知音，所以渊明愿以之为楷模，“聊得长相从”。

②仲蔚：张仲蔚，东汉平陵（今陕西咸阳西北）人。《高士传》说他“隐身不仕……善属文，好诗赋。常居穷素，所处蓬蒿没人。闭门养性，不治荣名。时人莫识，唯刘龚知之。”

③翳然：隐蔽的样子。绝交游：断绝与世人的交往。工：善。

④止：只，仅。刘龚：字孟公，刘歆之侄，与仲蔚友善。

⑤此士：指张仲蔚。胡：何，为什么。独然：孤独如此，独特。罕所同：很少有人与之相同。

⑥介：耿介，耿直。焉：语助词，犹“然”。业：这里指兴趣爱好和志向。所乐非穷通：不以命运的穷通好坏而悲、喜。《庄子·让王》：“古之得道者，穷亦乐，通亦乐，所乐非穷通也。”

⑦人事：指社会上的人际交往。固：本来。拙：笨。这里指不会逢迎取巧。聊：且。相从：指追随张仲蔚的人生道路。这两句是诗人自指。

【译文】

仲蔚喜欢独贫居，
绕屋长满野蒿蓬。
隐迹不与世来往，

诗作清新夺天工。
举世无人了解他，
知音只有一刘龚。
此人何故常孤独？
只因无人与他同。
世俗交往数我笨，
姑且追随永相从。

咏贫士七首其七[①]

昔在黄子廉，弹冠佐名州[②]。
一朝辞吏归，清贫略难俦[③]。
年饥感仁妻，泣涕向我流[④]。
丈夫[⑤]虽有志，固为儿女忧。
惠孙一晤叹，腆赠竟莫酬[⑥]。
谁云固穷难？邈哉此前修[⑦]。

【注释】

①这首诗咏赞古代贫士黄子廉，称扬其不为儿女之忧而改变固穷守节的志向，以示自勉。

②黄子廉：《三国志·黄盖传》注引《吴书》说："黄盖乃故南阳太守黄子廉之后也。"王应麟《困学纪闻》引《风俗通》说："颍水黄子廉每饮马，辄投钱于水，其清可见矣。"若为同一黄子廉，则知其尝为南阳太守，为人清廉。弹冠：弹去帽子上的灰尘，比喻预备出仕。《汉书·王吉传》："吉与贡禹为友，世称王阳在位，贡公弹冠，言其取舍同也。"是说王、贡二人友善，王吉做官，贡禹也准备出仕。佐名州：谓到著名的州郡去任职。佐：辅治。

③略：大略。这里泛指常人、普通人。俦：伴侣，同类。这里有比并的意思。

④仁妻：贤惠之妻。我：代黄子廉自称。

⑤丈夫：即大丈夫，有志之人。

⑥惠孙：人名，其事未详，当与黄子廉为同时人。晤：会面，相遇。腆：丰厚。莫酬：不理睬，不接受。

⑦邈：远。前修：前代的贤士。

【译文】

从前有个黄子廉，
曾到名州去做官。

一旦辞官归故里，
无人能比甚贫寒。
饥年贤慧妻感慨，
对他哭泣泪涟涟。
志士虽然有骨气，
也为儿女把心担。
惠孙相见深忧叹，
厚赠不收很清廉。
谁讲固穷难保守？
遥遥思念众前贤。

咏二疏

大象转四时,功成者自去[①]。
借问衰周来,几人得其趣[②]?
游目汉廷中,二疏复此举[③]。
高啸返旧居,长揖储君傅[④]。
饯送倾皇朝,华轩盈道路[⑤]。
离别情所悲,余荣[⑥]何足顾!
事胜感行人,贤哉岂常誉[⑦]!
厌厌闾里欢,所营非近务[⑧]。
促席延故老,挥觞道平素[⑨]。
问金终寄心,清言晓未悟[⑩]。
放意乐余年,遑恤身后虑[⑪]!
谁云其人亡,久而道弥著[⑫]。

【注释】

①大象:指天,大自然。《老子》:"大象无形。"又:"执大象。"王弼注:"大象,天象之母也。"转:运行。这两句是说,正如自然运行、四季更替一样,功成者亦自当迟去。

②借问:请问。衰周来:自东周末期以来。趣:旨趣,意旨,道理。

③游目:随意观览,这里是放眼、回顾的意思。复:再,恢复。此举:这种行为,指"功成者自去"。

④高啸:犹高歌,形容自由自在,无拘无束。长揖:旧时拱手高举,自上而下的相见或道别的礼节。《汉书·高帝纪上》:"郦生不拜,长揖。"诗中是指辞谢。储君傅:指太子大傅与太子少傅的职位。储君:太子。

⑤饯送:以酒食送行。倾:尽。华轩:华贵的轻车,指富贵者乘坐的车子。盈:满。《汉书·疏广传》:"公卿大夫故人邑子设祖道,供张东都门外,送者车数百两,辞决而去。"

⑥余荣：剩下的荣华。即指二疏所辞去的官职俸禄。

⑦胜：盛大，佳妙。贤哉岂常誉：《汉书·疏广传》："道路观者皆曰：'贤哉二大夫！'或叹息为之下位。"常：普通，一般。

⑧厌厌：安逸、安祥的样子。《诗经·小雅·湛露》："厌厌夜饮。"毛传："厌厌，安也。"闾里：乡里。近务：眼前之事，指日常平凡的事情。

⑨促席：接席，座位靠近，表示亲近。延：邀请。挥觞：举杯，指饮酒。道：叙说。平素：指往日的事情。

⑩问金终寄心：指疏广的子孙托人问疏广，给他们留下多少钱财以置办房舍田产。寄心：藏在心中的想法，关心。清言：指疏广所说"贤而多财，则损其志；愚而多财，则益其过"等语，参见《杂诗十二首》其六注。晓未悟：晓谕不明白的人。

⑪放意：纵情。余年：剩下的岁月，指晚年。遑恤身后虑：哪有闲暇考虑死后的事。遑：闲暇。恤：忧虑。《诗经·邶风·谷风》："遑恤我后。"笺："追，暇也。恤，忧也。"

⑫其人：指二疏。道：做人之道，指清操。弥：更加。著：显著，昭著，指广为人知。

【译文】

天地四时自运转，
完成功业当归还。
请问东周未世后，
几人能把其意传？
放眼汉代朝廷内，
二疏举止可称赞。
欢快高歌返故乡，
告别太子长辞官。
皇朝官吏皆出送，
华贵轻车填路间。
悲叹之情为送别，
荣华富贵岂足恋！

德操高尚感行人，
贤哉之誉岂一般！
乡里安逸相聚欢，
经营之事不简单。
邀来故老促席坐，
饮酒共将往事谈。
儿女关心遗产事，
疏广晓谕出清言。
纵情享乐度余年，
死后之事不挂牵。
谁说二疏已亡去？
日久其德更粲然。

咏三良

弹冠乘通津，但惧时我遗①。
服勤尽岁月，常恐功愈微②。
忠情谬获露，遂为君所私③。
出则陪文舆，人必侍丹帷④。
箴规响已从，计议初无亏⑤。
一朝长逝后，愿言同此归⑥。
厚恩固难忘，君命安可违⑦！
临穴罔惟疑，投义志攸希⑧。
荆棘笼高坟，黄鸟声正悲⑨。
良人不可赎，泫然沾我衣⑩。

【注释】

①弹冠：弹去帽子上的灰尘，指准备出仕为官。乘：驾驭，占据。通津：本指交通要道，这里指高官要职。《古诗十九首》之四："何不策高足，先据要路津。"时我遗：即"时遗我"的倒装句，时不我待之意。我：指三良。

②服勤：犹言服侍、效劳。《礼记·檀弓上》："服勤至死。"孔颖达疏："服勤者，谓服持勤苦劳辱之事。"尽岁月：一年到头。功愈微：功劳甚小。愈：更加。

③谬：妄，自谦之词。获露：得到表现。私：亲近，宠爱。

④文舆：华美的车子，这里指穆公所乘之车。丹帷：红色的帷幕，这里指穆公寝居之所。

⑤箴规：规谏劝诫。响已从：一发言就听从。初无亏：从不拒绝或轻视。亏：枉为。这两句是说，穆公对三良言听计从。

⑥言：语助词，无意义。同此归：一道去死。《史记·秦本纪》之《征义》引应劭曰："秦穆公与群臣饮，酒酣，公曰：'生共此乐，死共此哀。'于是奄息、仲行、鍼虎许诺。及公薨，皆从死。"

⑦君命安可违：《史记·秦本纪》载，秦穆公死，康公立，遵照穆公的遗嘱，杀了一百七十四人殉葬，秦大夫子车氏三于亦从殉，共"一百七十七人"。"君命安可违"即指此事。安：怎能。

⑧临穴罔惟疑:面对坟墓没有犹豫。罔:无。惟:语助词,无意义。疑:犹疑,犹豫。《诗经·秦风·黄鸟》:“临其穴,惴惴其栗。”投义:献身于大义。攸希:所愿。

⑨黄鸟声正悲:《诗经·秦风·黄鸟》:“交交(悲鸣声)黄鸟,止于棘。谁从穆公?子车奄息。惟此奄息,百夫之特。临其穴,惴惴其栗。彼苍天者,歼我良人!如可赎兮,人百其身!”

⑩不可赎:不能挽救赎回。语本上引《诗经》。泫然:伤心流泪的样子。《韩非子·外储说右上》:“公泫然出涕曰:‘不亦悲乎!’”

【译文】

出仕为官居要职,
只怕蹉跎好时光。
一年到头勤效力,
常恐功绩不辉煌。
忠情偶尔得表现,
于是得宠近君王。
出门陪同在车边,
入宫服侍丹帷旁。
规劝之言即听取,
建议从来不虚枉。
一旦君王长逝后,
愿得一道把命亡。
君王恩厚难相忘,
君命怎能敢违抗!
面临坟墓不犹豫,
献身大义志所望。
草丛笼罩高坟墓,
黄鸟啼鸣声悲伤。
三良性命不可救,
泪水沾湿我衣裳。

咏荆轲

燕丹善养士，志在报强嬴[①]。
招集百夫良，岁暮得荆卿[②]。
君子死知己，提剑出燕京[③]。
素骥鸣广陌，慷慨送我行[④]。
雄发指危冠，猛气冲长缨[⑤]。
饮饯易水上[⑥]，四座列群英。
渐离击悲筑，宋意唱高声[⑦]。
萧萧哀风逝，淡淡寒波生[⑧]。
商音更流涕，羽奏壮士惊[⑨]。
心知去不归，且有后世名[⑩]。
登车何时顾？飞盖入秦庭[⑪]。
凌厉越万里，逶迤过千城[⑫]。
图穷事自至，豪主正怔营[⑬]。
惜哉剑术疏，奇功遂不成[⑭]！
其人虽已没，千载有余情[⑮]。

【注释】

①燕丹：燕国太子，名丹。姓与国同，是战国时燕王喜之子。士：门客。报：报复，报仇。强嬴：强秦。嬴指秦王嬴政，即后来统一六国始称皇帝的秦始皇。

②百夫良：百里挑一的勇士。荆卿：即荆轲。卿：犹“子”，是燕人对他的尊称。

③死知己：为知己而死。燕京：燕国的都城，今北京地区。

④素骥：白色骏马。《战国策·燕策三》：“太子及宾客知其事者，皆白衣冠以送之。”白色是丧服色，白衣冠以示同秦王决一死，以壮荆轲之行。此处用“索骥”，就表达这层意思。广陌：大路。慷慨：情绪激昂。

⑤雄发指危冠：怒发直指，冲起高高的帽子。雄发：怒发。冠：帽子。《战国策·燕策三》：“复为羽声慷慨，土皆瞋目，发尽上指冠。”缨：系帽子的丝带。

⑥饮饯:饮酒送别。易水:在今河北省西部,源出易县境。

⑦渐离:高渐离,燕国人,与荆轲友善,擅长击筑。《史记·刺客列传》:"荆轲嗜酒,日与狗屠及高渐离饮于燕市,酒酣以往,高渐离击筑,荆轲和而歌于市中,相乐也,已而相位,旁若无人者。"这里是指送别的击筑。筑:古击弦乐器,形似筝。宋意:当为燕太子丹所养之士。《淮南子·泰族训》:"荆轲西刺秦王,高渐离、宋意为击筑而歌于易水之上。"

⑧萧萧:风声。淡淡:水波摇动的样子。《战国策·燕策三》载荆苛临行时歌曰:"风萧萧兮易水寒,壮士一去兮不复还。"陶诗此二句即从《易水歌》第一句变化而来。

⑨商音:古代乐调分为宫、商、角、徵、羽五个音阶,商音调凄凉。羽奏:演奏羽调。羽调悲壮激越。《战国策·燕策三》:"至易水上,既祖(饯送),取道。高渐离击筑,荆何和而歌,为变徵之声,士皆垂泪涕泣。……复为羽声慷慨,士皆膜目,发尽上指冠。"

⑩且:将。名:指不畏强暴、勇于赴死的英名。

⑪登车何时顾:《战国策·燕策三》:"于是荆轲就车而去,终已不顾。"谓决心已定,义无反顾。飞盖:车子如飞般疾驰。盖:车盖,代指车。

⑫凌厉:意气昂扬,奋起直前的样子。逶迤:路途弯曲延续不绝的样子。

⑬图穷:地图展开至尽头。《史记·刺客列传》:"荆轲取图奏之,秦王发图,图穷而匕首见。"事自至:行刺之事自然发生。豪主:豪强的君主,指秦王。怔营:惊恐、惊慌失措的样子。《史记·刺客列传》:荆轲以匕首刺秦王,王惊而拔剑,"时惶急,剑坚,故不可立拔";"环柱走,卒惶急,不知所为"。

⑭剑术疏:剑术不精。《史记·刺客列传》载:秦王以佩剑断荆轲左股,荆轲坐地"引七首以擿秦王,不中,中铜柱。"结果荆轲被杀,行刺失败。同上传载:"鲁勾践已闻荆轲之刺秦王,私曰:'嗟乎,惜哉其不讲于刺剑之术也!'"奇功:指刺秦王之功。遂:竟。

⑮其人:指荆轲。没:死。余情:不尽的豪情。

【译文】

燕丹太子爱侠客,

立志报仇刺嬴政。

百里挑一招勇士，
年终得士名荆卿。
君子能为知己死，
荆卿提剑出燕京。
雪白骏马嘶大道，
慷慨众人送我行。
怒发上指高冲冠，
男儿猛气冲长缨。
饮酒送别易水上，
四周列坐皆豪英。
渐离击筑音悲壮，
宋意引吭高歌声。
萧瑟悲风骤吹过，
凄寒水上波纹生。
商音凄婉闻流泪，
羽调激昂壮士惊。
此去心知不返归，
将能后世留英名。
义无反顾登车去，
疾驰如飞赴秦庭。
奋勇直前越万里，
曲折艰险过千城。
地图展尽匕首露，
嬴政突然心恐惊。
可惜剑术未能精，
盖世之功未建成。
壮士虽然久已逝，
千年之下寄深情。

读《山海经》十三首其一[1]

孟夏草木长,绕屋树扶疏[2]。
众鸟欣有托,吾亦爱吾庐[3]。
既耕亦已种,时还读我书。
穷巷隔深辙,颇回故人车[4]。
欢言酌春酒,摘我园中疏。
微雨从东来,好风与之俱。
泛览周王传,流观山海图[5]。
俯仰终宇宙[6],不乐复何如?

【注释】

①这首诗自咏隐居耕读之乐,是组诗的序诗。初夏之季,耕种之余,饮酌春酒,观览图书的诗人的神情伴随着美妙的神话故事遨游宇宙,乐趣无穷。

②孟夏:初夏,农历四月。扶疏:枝叶茂盛纷披的样子。《韩非子·扬权》:"为人君者,数披其木,毋使本枝扶疏。"

③欣有托:因为有了依托而高兴。托:依托、指寄身之处。庐:住宅。

④穷巷:僻巷。隔深辙:谓距离大路很远。隔:隔开,相距。辙:车辙,代指大路。颇回故人车:经常使老朋友的车子掉转回去。颇:很,这里指经常。回:回转。故人:熟人,老朋友。

⑤周王传:指《穆夫子传》。山海图:指《山海经图》。《山海经》原有古图及汉代所传图,晋代郭璞曾为《山海经》作注,有图及赞。后原图均失,今所见图是清人补画。

⑥俯仰:俯仰之间,形容时间很短。终:穷,尽。

【译文】

夏初草木竞生长,
叶茂枝繁树绕屋。

众鸟欢欣有住处，
我也喜爱我茅庐。
耕田播种事已毕，
有空还家读我书。
僻巷距离大道远，
友朋无奈转回路。
我心欢快饮春酒，
摘取园中好菜蔬。
微雨濛濛东面来，
好风与共使心舒。
《穆天子传》泛观览，
《山海经》中翻画图。
顷刻遨游遍宇宙，
我心不乐又何如？

读《山海经》十三首其二[1]

玉台凌霞秀，王母怡妙颜[2]。
天地共俱生，不知几何年[3]。
灵化无穷已，馆宇非一山[4]。
高酣发新谣，宁效俗中言[5]！

【注释】

①这首咏赞西王母的妙颜，永寿和神通，以抒发诗人的厌弃世俗之情。

②玉台：玉山上的瑶台，即西王母的居处。《山海经·西山经》："又西三百五十里，曰玉山，是西王母所居也。"凌霞：高出云霞之上。秀：灵秀，秀美。怡：安适愉快，和悦。妙颜：容颜美妙。

③天地共俱生：谓王母与天地同生。几何年：多少岁。

④灵化：神灵变化。无穷已：没有穷尽。馆宇非一山：《山海经》之《西山经》说西王母居玉山；《大荒西经》说西王母"处昆仑之丘"，郭璞注："王母亦自有离宫别馆，不专住一山也。"《穆天子传》说西王母居于弇山，故曰"馆宇非一山"。

⑤高酣：高会酣饮。发新谣：《穆天子传》说，周穆王为西王母设宴于瑶池之上，西王母作歌谣道："白云在天，丘陵自出；道理悠远，山川之间；将子无死，尚复能来。"宁：怎，哪里。俗中言：凡俗之言。

【译文】

玉台灵秀出云霞，
王母安适美容颜。
天地与之共俱生，
不知岁月几多年。
神灵变化无穷尽，
仙馆很多非一山。
高会酣饮唱新谣，
哪像世俗凡语言！

读《山海经》十三首其三[①]

迢迢槐江岭，是谓玄圃丘[②]。
西南望昆墟，光气难与俦[③]。
亭亭明玕照，洛洛清涅流[④]。
恨不及周穆，托乘一来游[⑤]。

【注释】

①这首诗咏赞昆仑玄圃，寄托向往美好而厌弃世俗之情。

②迢迢：高而远的样子。槐江岭：即槐江之山。《山海经·西山经》："槐江之山……多藏琅玕、黄金、玉，其阳多丹粟。其阴多采黄金银。实惟帝之平圃……爰有谣水，其清洛洛。"玄圃：即平圃，亦作"县圃。"《山海经·两山经》"平圃"，郭璞注："即玄圃也。"《楚辞·天问》："昆仑县圃，其凥(居)安在？"王逸注："昆仑，山名也……其巅曰玄圃，乃上通于天也。"

③昆墟：即昆仑山。光气：珠光宝气。《山海经·西山经》："南望昆仑，其光熊熊，其气魂魂。"郭璞注："皆光气炎盛相焜耀之貌。"俦：比并。

④亭亭：高高耸立的样子。玕：琅玕树，即珠树。《山海经·海内西经》"琅玕树"郝懿行注："《玉篇》引《庄子》云：'积石为树，名曰琼枝，其高一百二仞，大三十围，以琅牙为之实。'是琅玕即琼枝之子似珠者也。"《本草纲目·金石部》："在山为琅玕，在水为珊瑚。《山海经》云，开明山北有珠树。《淮南子》云，曾城九重，有珠树在其西。珠树，即琅玕也。"洛洛：水流动的样子。

⑤周穆：周穆王。《穆天子传》言其驾八骏游于玄圃。托乘：犹今言"搭车"。

【译文】

遥遥高耸槐江岭，
那是玄圃最高冈。
远望西南昆仑山，

珠光宝气世无双。
高高珠树光明照，
谣水涓涓流细淌。
可恨不及周穆世，
搭车也去一游赏。

读《山海经》十三首其四[1]

丹木生何许？乃在峚山阳[2]，
黄花复朱实[3]，食之寿命长。
白玉凝素液，瑾瑜[4]发奇光。
岂伊君子宝，见重我轩黄[5]。

【注释】

①这首诗表现企羡长生之意。丹木之实与丹水白玉，食之可以益寿延年；钟山之瑾瑜，佩之可以驱除不祥。

②丹木：《山海经·西山经》："峚山，其上多丹木，圆叶而赤茎，黄华而赤实，其味如饴，食之不饥。丹水出焉，西流注于稷泽，其中多白玉，是有玉膏，其原沸沸扬扬，黄帝是食是飨。是生玄玉，玉膏所出，以灌丹木。丹木五岁，五色乃清，五味乃馨。黄帝乃取峚山之玉荣，而投之钟山之阳。瑾瑜之玉为良，坚粟精密，浊泽而有光。五色发作，以和柔刚。天地鬼神，是食是飨；君子服之，以御不祥。"峚：逯本作"密"，今从李本、焦本改。山阳：山的南面。

③朱实：红色的果实。

④瑾瑜：皆美玉。

⑤伊：彼。君子宝：即《山海经·西山经》中所说"君子服之，以御不祥"之意。见重：被重视，被看重。轩黄：黄帝轩辕氏。《史记·五帝本纪》："黄帝者，少典之子，姓公孙，名曰轩辕。"

【译文】

丹木生长在何方？
就在峚山南坡上。
黄色鲜花红果实，
食之可以寿命长。

白玉凝成白玉膏，
瑾瑜发出奇异光。
岂止君子视为宝，
轩辕黄帝早赞扬。

读《山海经》十三首其五[①]

翩翩三青鸟,毛色奇可怜[②]。
朝为王母使,暮归三危山[③]。
我欲因此鸟,具向王母言[④]。
在世无所须,惟酒与长年[⑤]。

【注释】

①这首诗咏赞三青鸟,并表现出诗人对于酒的嗜好和对长生的企盼。

②翩翩:轻快飞翔的样子。三青鸟:《山海经·大荒西经》:"西有王母之山……有三青鸟,赤首黑目。"郭璞注:"皆西王母所使也。"后因称传信的使者为青鸟。奇可怜:甚可爱。

③王母使:西王母的信使。又《山海经·海内北经》:"西王母,梯几而戴胜杖,其南有三青鸟,为西王母取食,在昆仑虚北。"《艺文类聚》卷九十一引《汉武故事》:"七月七日,上(汉武帝)于承华殿斋,正中,忽有一青鸟从西方来,集殿前。上问东方朔,朔曰:'此西王母欲来也。'有顷,王母至。有二青鸟如乌,侠(夹)侍王母旁。"三危山:《山海经·西山经》:"三危山,三青鸟居之。"郭璞注:"三青鸟主力西王母取食者,别自栖息于此山也。"

④因:因依,依托。具:通"俱",完全,详细。

⑤须:通"需",需要。唯:独,只有。长年:长寿。

【译文】

翩翩飞舞三青鸟,
毛色鲜明甚好看。
清早去为王母使,
暮归居处三危山。
我想拜托此青鸟,
去向王母表心愿。
今生今世无所求,
只要美酒与寿年。

读《山海经》十三首其六[1]

逍遥芜皋上,杳然望扶木[2]。
洪柯百万寻,森散覆旸谷[3]。
灵人侍丹池,朝朝为日浴[4]。
神景一登天,何幽不见烛[5]!

【注释】

①这首诗吟咏日出之处和太阳的光辉,寄托向往光明之意。

②芜皋:即无皋。《山海经·东山经》:"无皋之山,南望幼海,东望榑木。"杳然:遥远的样子。扶木:即博木,亦作扶桑或博桑。《山海经·大荒东经》:"汤谷上有扶木,一日方至,一日方出,皆载于乌。"《山海经·海外东经》:"汤谷上有扶桑,十日所浴。"郭璞注:"扶桑,木也。"《淮南子·览冥训》:"朝发扶桑。"

③洪柯:大树枝。寻:古代的长度单位,八尺为一寻。森散:枝叶舒展四布的样子。旸谷:日所从出处。《楚辞·天问》:"出自汤谷,次于蒙汜,自明及晦,所行几里?"《淮南·天文训》:"日出于肠谷,浴于咸池,拂于扶桑,是谓晨明。"《说文》:"旸,日出也。"

④灵人:指羲和,神话传说中太阳的母亲。《山海经·大荒南经》:"东南海之外,甘水之间,有羲和之国,有女子名曰羲和……羲和者,帝俊之妻,生十日。"丹池:即甘渊或咸池,太阳沐浴处。《山海经·大荒南经》:"有女子名曰羲和,方(为)日浴于甘渊。"《淮南子·天文训》:"日出于肠谷,浴于咸池。"

⑤神景:指太阳。景:日光。何幽不见烛:什么阴暗的地方不被照亮。幽:阴暗。烛:照亮。

【译文】

逍遥无皋之山上,
远远望见木扶桑。

巨大树枝百万丈，
纷披正把肠谷挡。
羲和服侍丹池旁，
天天为日沐浴忙。
一旦太阳升上天，
何方阴暗不照亮！

读《山海经》十三首其七①

粲粲三珠树，寄生赤水阴②。
亭亭凌风桂，八干共成林③。
灵凤抚云舞，神鸾调五音④。
虽非世上宝，爰⑤得王母心。

【注释】

①这首诗咏赞宝树生辉、鸾歌凤舞的神仙世界的奇异景象，寄托诗人遗世高蹈的情怀。

②粲粲：光彩鲜艳的样子。三珠树：古代神话中的树名。《山海经·海外南经》："三珠树在厌火北，生赤水上。其为树如柏，叶皆为珠。"赤水阴：赤水的南岸。

③亭亭：高高耸立的样子。凌风：迎风。八干：指八株桂树。《山海经·海内南经》："桂林八树，在贲隅东。"郭璞注："八树而成林，言其大也。"

④灵凤：神灵的凤鸟。抚云舞：谓云中起舞。鸾：传说凤凰一类的鸟。五音：美玉般清脆悦耳的声音。这两句本《山海经·大荒南经》："爰有歌舞之鸟，鸾鸟自歌，凤鸟自舞。"

⑤爰：语助词，无意义。

【译文】

粟烂光辉三珠树，
寄生赤水之南滨。
高高耸立迎风桂，
八树相连便成林。
灵异凤凰云中舞，
神奇鸾鸟鸣玉音。
虽然不是人间乐，
王母为之甚欢心。

读《山海经》十三首其八①

自古皆有没,何人得灵长②?
不死复不老③,万岁如平常。
赤泉给我饮,员丘足我粮④。
方与三辰游,寿考岂渠央⑤!

【注释】

①这首诗咏赞长生不老,表示欣羡之情。

②没:通"殁",死亡。灵长:延绵久长。

③不死复不老:《山海经·海外南经》:"不死民在其东,其为人黑色,寿,不死。"

④赤泉、员丘:"有员丘山,上有不死树,食之乃寿;亦有赤泉,饮之不老。"

⑤三辰:指日、月、星。考:老。渠:同"遽",忽然,马上。央:尽,指死亡。

【译文】

自古人生就有死,
谁能长寿命不亡?
竟有不死也不老,
命活万岁也平常。
赤泉之水供我饮,
员丘之树我当粮。
日月星辰同我游,
哪能很快把命丧!

读《山海经》十三首其九[①]

夸父诞宏志，乃与日竞走[②]。
俱至虞渊下，似若无胜负[③]。
神力既殊妙，倾河焉足有[④]？
余迹寄邓林[⑤]，功竟在身后。

【注释】

①这首诗咏赞夸父的雄心壮志和非凡的毅力，尽管他壮志未酬，但他的功绩和精神却永垂后世。

②夸父：古代传说中的神人。《山海经·海外北经》："夸父与日逐走，入日。渴，欲得饮，饮于河、渭；河、渭不足，北饮大泽。未至。道渴而死。弃其杖，化为邓林。"诞：本义为大言，引申为大。《尚书·汤诰》："王归自克夏，至于亳，诞告万方。"孔安国传："诞，大也。"乃：竟然。

③虞渊：即禺渊、禺谷，传说中的日落之处。《山海经·大荒北经》："夸父不量力，欲追日景，逮之于禺谷。将饮河而不足也，将走大泽，未至，死于此。"郭璞注："禺渊，日所入也，今作虞。"无胜负：不分胜败。

④殊妙：非凡而奇妙。倾河：倾尽黄河之水。焉足有：何足有，即不足。

⑤余迹：遗迹，指夸父"弃其杖，化为邓林"。寄：寄留，留存。邓林：据毕沅考证，邓、桃音近，"邓林"即"桃林"。

【译文】

夸父志向真远大，
敢与太阳去竞走。
同时到达日落处，
好像没分胜与负。

神力非凡又奇妙，
饮尽黄河水不足。
弃下手杖化邓林，
身后功绩垂千古。

读《山海经》十三首其十[①]

精卫衔微木[②],将以填沧海。

刑天舞干戚,猛志固常在[③]。

同物既无虑,化去不复悔[④]。

徒设在昔心,良辰讵可待[⑤]!

【注释】

①这首诗咏赞精卫和刑天至死不屈的顽强意志和斗争精神,抒发了诗人空怀报负而无从施展的慷慨不平的心情。

②精卫:神话中的鸟名。《山海经·北山经》:"发鸠之山,其上多拓木,有鸟焉,其状如乌,文首,白喙,赤足,名曰'精卫',其名自取。是炎帝之少女,名曰女娃。女娃游于东海,溺而不返,故为精卫。常衔西山之木石,以湮于东海。"微木:细木。

③刑天舞干戚:逯本作"形天无干戚",今据李本、焦本改。刑天:神名。干:盾。戚:斧。《山海经·海外西经》:"刑天与帝至此争神,帝断其首,葬之常羊之山。乃以乳为目,以脐为口,操干戚以舞。"固:逯本作"故",今以陶本改。

④同物:等同于万物。意谓人同万物一样,生死并无差别,即《庄子·齐物论》所说的"物化"。化去:指死亡。

⑤徒设:空有。在昔心:指诗人自己往日的雄心。良辰:良好的时机。讵:岂。这两句是说:我空有往日的雄心壮志,实现壮志的良好机会哪里能够等到。

【译文】

精卫衔来细木草,

誓将以之填东海。

刑天头掉挥斧盾,

壮志依然常存在。

等同万物无所虑，
死去亦无可后悔。
空有当年雄壮志，
良机已过岂等待！

读《山海经》十三首其十一[①]

臣危肆威暴，钦䲹违帝旨[②]。
窫窳强能变，祖江遂独死[③]。
明明上天鉴，为恶不可履[④]。
长枯固已剧，鵕鹗岂足恃[⑤]！

【注释】

①这首诗言臣危和钦㚲违背上帝的旨意逞凶，结果遭到惩罚，说明恶人终有恶报。诗意暗喻对刘裕篡弑行为的诅咒。

②臣危肆威暴：《山海经·海内西经》："贰负之臣曰危，危与贰负杀窫窳。帝乃梏之疏属之山，桎其右足，反缚两手与发，系之山上木。"钦䲹违帝旨：《山海经·西山经》："钟山，其子曰鼓，其状如人面而龙身，是与钦䲹杀葆江于昆仑之阳，帝乃戮之钟山之东曰崖，钦䲹化为大鹗，其状如雕而黑文白首，赤喙而虎爪，其音如晨鹄，见则有大兵；鼓亦化为鵕鸟，其状如鸱，赤足而直喙，黄文而白首，见则其邑大旱。"是说钦与鼓谋害了葆江，结果受到天帝的惩罚。

③窫窳强能变：《山海经·海内西经》："窫窳者，蛇身人面，贰负臣所杀也。"又《山海经·海内南经》："窫窳龙首，居弱水中，……其状如龙首，食人。"郭璞注："窫窳，本蛇身人面，为贰负臣所杀，复化而成此物也。"强：尚，还能。祖江：即葆江。

④鉴：照，审察。履：行。

⑤枯：当作"梏"，指臣危被梏。固已剧：本来就已痛苦。剧：痛苦。鵕、鹗：指鼓和钦被天帝杀死后的变形。恃：凭仗。

【译文】

贰负之臣逞凶暴，
钦违背帝的旨意。
窫窳虽死尚能变，

祖江死去永消失。
上天可鉴明审察，
作恶之举不可为。
臣危被罚甚痛苦，
鵕鸮之变不足恃！

读《山海经》十三首其十二[①]

鸱鸺见城邑，其国有放士[②]。
念彼怀王世，当时数来止[③]。
青丘有奇鸟，自言独见尔[④]。
本为迷者生，不以喻君子[⑤]。

【注释】

①这首诗由鸱鸺和青丘鸟而联想到屈原的不幸，实则抒发诗人对现实的不满情绪。

②鸱鸺：逯本作“鸼鹅”，今据李本、焦本改。《山海经·南山经》：有鸟焉，其状如鸱而人手，其音如痹，其名曰鸺，其名自号也，见则其县多放士。”见：出现。放士：被放逐的贤士。

③怀王：楚怀王，战国末期楚国君主。屈原便在怀王时被放逐的。数来止：数次飞来栖息。指屈原多次被放逐。

④青丘有奇鸟：《山海经·南山经》：“青丘之山……有鸟焉，其状如鸠，其音若呵，名曰灌灌，佩之不惑。”自言独见尔：是说灌灌鸟独自出现，无人看见。尔：句末助词。

⑤这两句说：灌灌鸟本来就是为迷惑者所生的，不必用它来晓谕明达之人。

【译文】

鸱鸺出现在城里，
国内便有放逐士。
想那楚国怀王时，
此鸟必定常飞至。

青丘之山有奇鸟，
独自出现人不知。
本来就为迷者生，
不必晓喻贤君子。

读《山海经》十三首其十三[①]

岩岩显朝市[②],帝者慎用才。
何以废共鲧,重华为之来[③]。
仲父献诚言,姜公乃见猜[④]。
临没告饥渴,当复何及哉[⑤]!

【注释】

①这首诗是本组诗的最后一首,带有总结的性质。诗中总结历史的兴亡之道,关键乃在“帝者慎用才”,对当世也寓有颇深的感慨。

②岩岩:本形容高峻的样子,这里代指显赫的大臣。《诗经·小雅·节南山》:“节彼南山,维石岩岩。赫赫伊师,民具尔瞻。”显朝市:显赫于朝廷之中。

③废共鲧:指帝尧的臣子共工与鲧,因不贤而被废弃处置。《尚书·舜典》:“流共工于幽州,放欢兜于崇山,窜三苗于三危,殛鲧于羽山。四罪而天下咸服。”《山海经·海内经》:“洪水滔天,鲧窃帝之息壤以埋洪水,不待帝命。帝令祝融杀鲧羽郊。鲧复生禹,帝乃命禹卒布土以定九州。”重华:虞舜名。这两句是说:废弃共工与鲧,是帝舜所为。

④仲父:指管仲。齐桓公尊称管仲为仲父。献诚言:进献诚挚之言。姜公:指齐桓公,因其为姜姓。见猜:被猜疑。据《韩非子·十过》和《史记·齐太公世家》载,管仲命危时,齐桓公问以国政,管仲说易牙、开方、竖刁三人不可重用。管仲死后,桓公未听其言,结果三人专权。

⑤临没告饥渴:《史记·齐大公世家》载,齐桓公病重,竖刁等三人作乱,桓公被禁闭,终以饥渴而死。当复何及哉:又将怎么来得及呢,意谓已是后悔莫及。

【译文】

大臣显赫在朝廷,
君主用人当慎重。

共工与鲸被废弃，
帝舜所为除奸凶。
管仲临终肺腑语，
桓公到底没听从。
桓公临死困饥渴，
心中后悔有何用！

挽歌诗三首其一[①]

有生必有死，早终非命促[②]。
昨暮同为人，今旦在鬼录[③]。
魂气散何之？枯形寄空木[④]。
娇儿索[⑤]父啼，良友抚我哭。
得失不复知，是非安能觉？
千秋万岁后，谁知荣与辱？
但恨在世时，饮酒不得足。

【注释】

①这首诗写刚死入殓的情景，表现出旷达的人生态度。

②非命促：并非生命短促，意谓早死属于自然规律，故生命并无长短之分。

③昨暮：昨晚。同为人：指还活在世上。今旦：今晨。在鬼录：列入鬼的名册，指死去。

④魂气：指人的精神意识。《左传·昭公七年》疏："附形之灵为魄，附气之神为魂。"散何之：散归何处。枯形：枯槁的尸体。寄空木：安放于棺木之中。

⑤索：寻找。

【译文】

人命有生必有死，
早终不算生命短。
昨晚生存在世上，
今晨命丧赴黄泉。
游魂飘散在何处？
枯槁尸身存木棺。
娇儿找父伤心啼，

好友痛哭灵柩前。
死去不知得与失，
哪还会有是非感？
千秋万岁身后事，
荣辱怎能记心间？
只恨今生在世时，
饮酒不足大遗憾。

挽歌诗三首其二①

在昔无酒饮，今但湛空觞②。
春醪生浮蚁③，何时更能尝！
肴案盈我前④，亲旧哭我傍。
欲语口无音，欲视眼无光。
昔在高堂寝，今宿荒草乡⑤。
一朝出门去，归来良未央⑥。

【注释】

①这首诗写亲友祭奠和出殡的情景。诗中以生前无酒饮同死后有酒不能饮相对比，旷达幽默之中，深含无限的酸楚。

②湛空觞：是说往日的空酒杯中，如今盛满了澄清的奠酒。

③春醪：春酒。浮蚁：酒面上的泡沫。《文选·张衡〈南都赋〉》："醪敷径寸，浮蚁若萍。"刘良注："酒膏径寸，布于酒上，亦有浮蚁如水萍也。"

④肴案：指摆在供桌上的盛满肉食的木盘。肴：荤菜。案：古代进食用的一种短脚木盘。盈：指摆满。

⑤荒草乡：指荒草丛生的坟地。按：逯本据(乐府诗集)于此句后校增"荒草无人眠，极视正茫茫"二句，为诸本所无。然此二句与第三首"四面无人居""荒草何茫茫"等句重复，故当删去。

⑥出门去：指出殡。良未央：未有尽头，遥遥无期。良：确，诚。

【译文】

生前贫困无酒饮，
今日奠酒盛满觞。
春酒清香浮泡沫，
何时能再得品尝！
佳肴例案满面前，
亲友痛哭在我旁。

想要发言口无声，
想要睁眼目无光。
往日安寝在高堂，
如今长眠荒草乡。
一朝归葬出门去，
想再归来没指望。

挽歌诗三首其三[1]

荒草何茫茫，白杨亦萧萧[2]。
严霜九月中，送我出远郊[3]。
四面无人居，高坟正嶕峣[4]。
马[5]为仰天鸣，风为自萧条。
幽室一已闭，千年不复朝[6]。
千年不复朝，贤达无奈何[7]。
向[8]来相送入，各已归其家。
亲戚或余悲，他人亦已歌[9]。
死去何所道，托体同山阿[10]。

【注释】

①这首诗写送葬时的悲哀之情和萧条之景，十分感人。结语以“托体同山阿”的达观态度，体现了诗人一贯持有的委任运化的人生观。

②何：何其，多么。茫茫：无边无际的样子。萧萧：风吹树木声。

③严霜：寒霜，浓霜。送我出远郊：指出殡送葬。

④无人居：指荒无人烟。嶕峣：高耸的样子。

⑤马：指拉灵柩丧车的马。

⑥幽室：指墓穴。朝：早晨，天亮。

⑦贤达：古时指有道德学问的人。无奈何：无可奈何，没有办法，指皆不免此运。

⑧向：先时，刚才。

⑨已歌：已经在欢快地歌了，是说人们早已忘了死者，不再有悲哀。

⑩何所道：还有什么可说的呢。托体：寄身。山阿：山陵。

【译文】

茫茫荒野草枯黄，
萧瑟秋风抖白杨。

已是寒霜九月中，
亲人送我远郊葬。
四周寂寞无人烟，
坟墓高高甚凄凉。
马为仰天长悲鸣，
风为萧瑟作哀响。
墓穴已闭成幽暗，
永远不能见曙光。
永远不能见曙光，
贤达同样此下场。
刚才送葬那些人，
各自还家入其房。
亲戚或许还悲哀，
他人早忘已欢唱。
死去还有何话讲，
寄托此身在山冈。

联　句

鸿雁乘风飞,去去当何极[1]?
念彼穷居士[2],如何不叹息!(渊明)
虽欲腾九万,扶摇竟何力[3]?
远招王子乔,云驾庶可饬[4]。(循之)
顾侣正徘徊,离离翔天侧[5]。
霜露岂不切?务从忘爱翼[6]。(循之)
高柯擢条干[7],远眺同天色。
思绝庆未看,徒使生迷惑[8]。(渊明)

【注释】

①去去:不停地飞行。当何极:谓最终要飞到那里。

②居士:犹处士,古称有才德而隐居不仕的人。《韩非子·外储说左上》:"齐有居士田仲。"《三国志·魏志·管宁传》:"胡居士,贤者也。"

③腾:腾飞。九万:指九万里高空。扶摇:自下而上的旋风,这里形容腾飞的样子。这两句语本《庄子·逍遥游》:"鹏之徙于南冥也,水击三千里,传扶摇而上者九万里。"

④王子乔:名晋,周灵王的太子。云驾:云车,仙人所乘。饬:整治,指整治车马,准备遨游。

⑤侣:同伴,指雁。离离:忧伤的样子。《楚辞·九叹·思古》:"曾哀凄欷,心离离兮。"天侧:天边。

⑥切:切肤,痛切。指霜露寒气侵袭。务从忘爱翼:逯本作"徒爱双飞翼"。务从:务必相随,指跟上伴侣,以免掉队。忘爱翼:顾不上爱惜自己的羽翼,意谓努力奋飞。

⑦高柯:指高树。擢:挺出,特出。

⑧思绝庆未看:仅凭想象而幸亏未曾亲眼所见,指"腾九万""王子乔"等事。庆:庆幸。徒使生迷惑:徒然使自己产生许多迷惑。

【译文】

空中鸿雁乘风飞，
远远高飞去哪里？
想到世间穷隐士，
怎不感伤长叹息！（渊明）
虽想升腾九万里，
大鹏展翅凭何力？
远方招请王子乔，
准备云车驾云气。（循之）
大雁徘徊顾伴侣，
忧伤翱翔在天际。
寒霜岂不相侵袭？
奋飞相从不自惜。（循之）
高高大树枝挺立，
远眺天边同一色。
想象幸亏未曾见，
徒然自我寻迷惑。（渊明）